中国国家地理·图书

# 1001 Afternoons
## in Chicago

# 芝加哥的
# 1001个 下午

[美] 本·赫克特 著　Cocu 摄　陆特丹 译

图书在版编目（CIP）数据

芝加哥的1001个下午 /（美）本·赫克特著；Cocu 摄；陆特丹译. — 北京：北京联合出版公司，2017.9
ISBN 978-7-5596-0870-3

Ⅰ.①芝… Ⅱ.①本… ②C… ③陆… Ⅲ.①故事－作品集－美国－现代 Ⅳ.①I712.45

中国版本图书馆CIP数据核字(2017)第205267号

## 芝加哥的1001个下午

| | |
|---|---|
| 作　　者： | [美]本·赫克特 |
| 摄　　影： | Cocu |
| 译　　者： | 陆特丹 |
| 策　　划： | 北京地理全景知识产权管理有限责任公司 |
| 策划编辑： | 董佳佳 |
| 责任编辑： | 谢晗曦　夏应鹏 |
| 特约编辑： | 董佳佳 |
| 营销编辑： | 张林林 |
| 装帧设计： | 何　睦　杨　慧 |
| 制　　版： | 北京书情文化发展有限公司 |

北京联合出版公司出版
（北京市西城区德外大街83号楼9层　100088）
北京联合天畅发行公司发行
北京中科印刷有限公司印刷　新华书店经销
字数：200千字　880毫米×1230毫米　1/32　印张：8.5
2017年9月第1版　2017年9月第1次印刷
ISBN 978-7-5596-0870-3
定价：58.00元

未经许可，不得以任何方式复制或抄袭本书部分或全部内容
版权所有，侵权必究
本书若有质量问题，请与本公司图书销售中心联系调换。电话：010-82841175　64243832

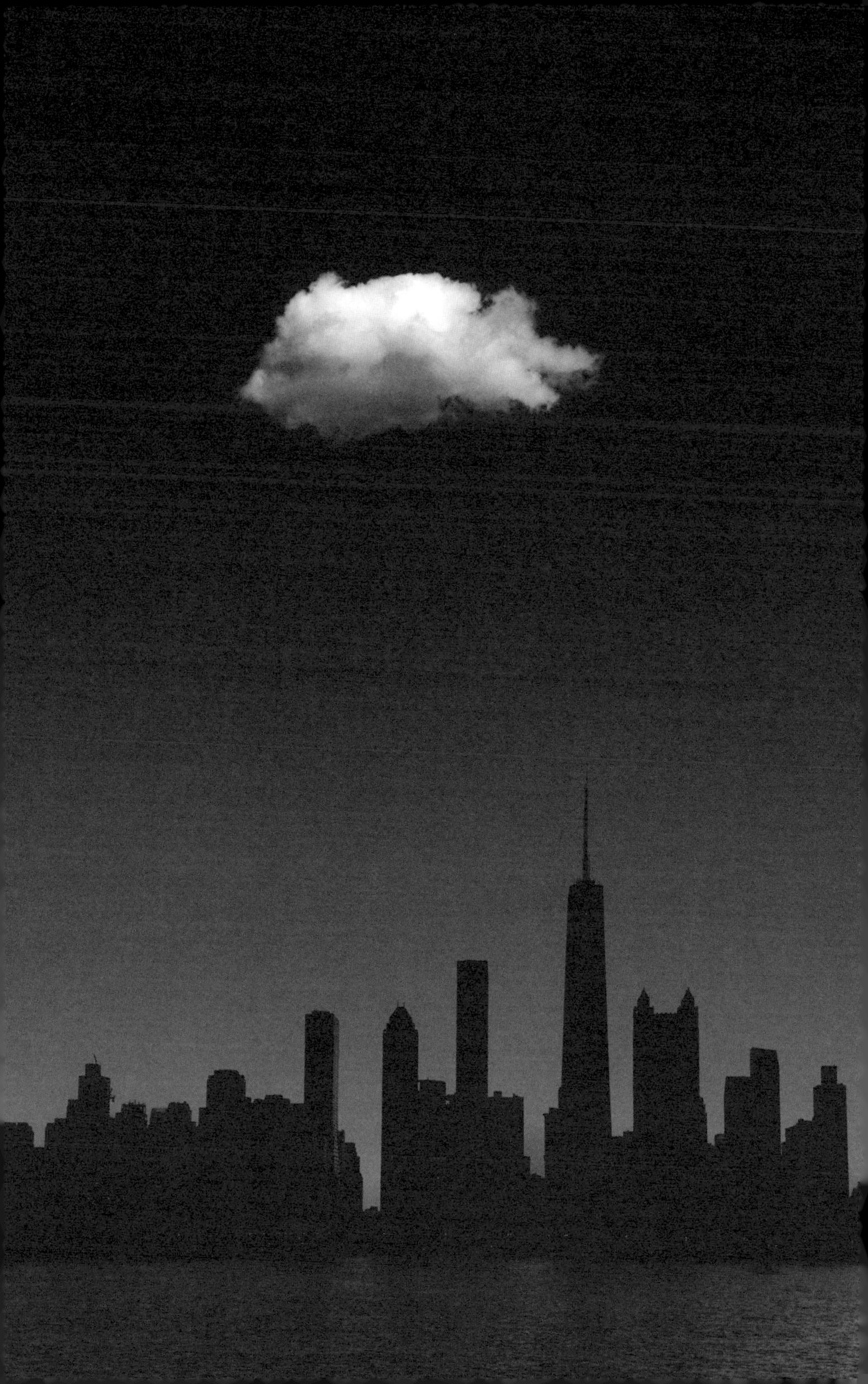

# 目录

001　译者序

## 序　幕　神秘城市

| | | | |
|---|---|---|---|
| 006 | 雾中风景 | 033 | 时钟与深夜班车 |
| 011 | 密歇根大街 | 036 | 雨夜告白 |
| 017 | 大湖 | 039 | 熟悉的夜晚 |
| 022 | 这样的一天 | 044 | 装饰 |
| 024 | 潘多拉的魔盒 | 049 | 信 |
| 028 | 10美分婚戒 | | |

## 第一幕　美国梦

| | | | |
|---|---|---|---|
| 054 | 范妮 | 086 | 美甲师的男人论 |
| 058 | 自我的公正化 | 090 | 贝丝女王的宴会 |
| 063 | 俏公子 | 095 | 势利小人 |
| 067 | 修表匠 | 099 | 乡村爱情故事 |
| 071 | 不朽的杰作 | 103 | 刺青 |
| 076 | 昨日辉煌 | 108 | 三色朝珠 |
| 081 | 潦倒上尉的雄心 | 111 | 献给伯特·威廉姆斯 |

## 第二幕　孤独者

- 118　悲惨先生
- 122　波纹
- 126　一则关于钓鱼者的寓言
- 129　卖栗人
- 133　悲伤布鲁斯
- 138　李星的魂儿
- 143　孤单涅槃
- 147　黑暗中的秘密
- 151　同是街头沦落人
- 154　质疑者
- 160　草地上的人

## 第三幕　明天与意外

- 166　拍卖师的妻子
- 170　飞刀维纳斯
- 175　猪
- 179　伤心纸条
- 184　锡巴里斯式的葬礼
- 188　皮茨拉父子
- 193　一位母亲
- 198　罗德耶兹克夫人的最后一份工作
- 202　萨都夫人今晚不上班
- 206　未完成的辩论
- 210　无产阶级教父
- 214　米什金的晚祷
- 218　人情扑克
- 223　堂吉诃德和他最后的风车
- 227　追捕
- 232　潇洒皮特的倒霉故事
- 237　不会讲故事的库兹克警长

## 结　幕　流浪的可能

- 242　扬帆远航
- 246　回家的路
- 250　被流放者
- 254　大旅行家
- 258　漂泊的心

263　编后记

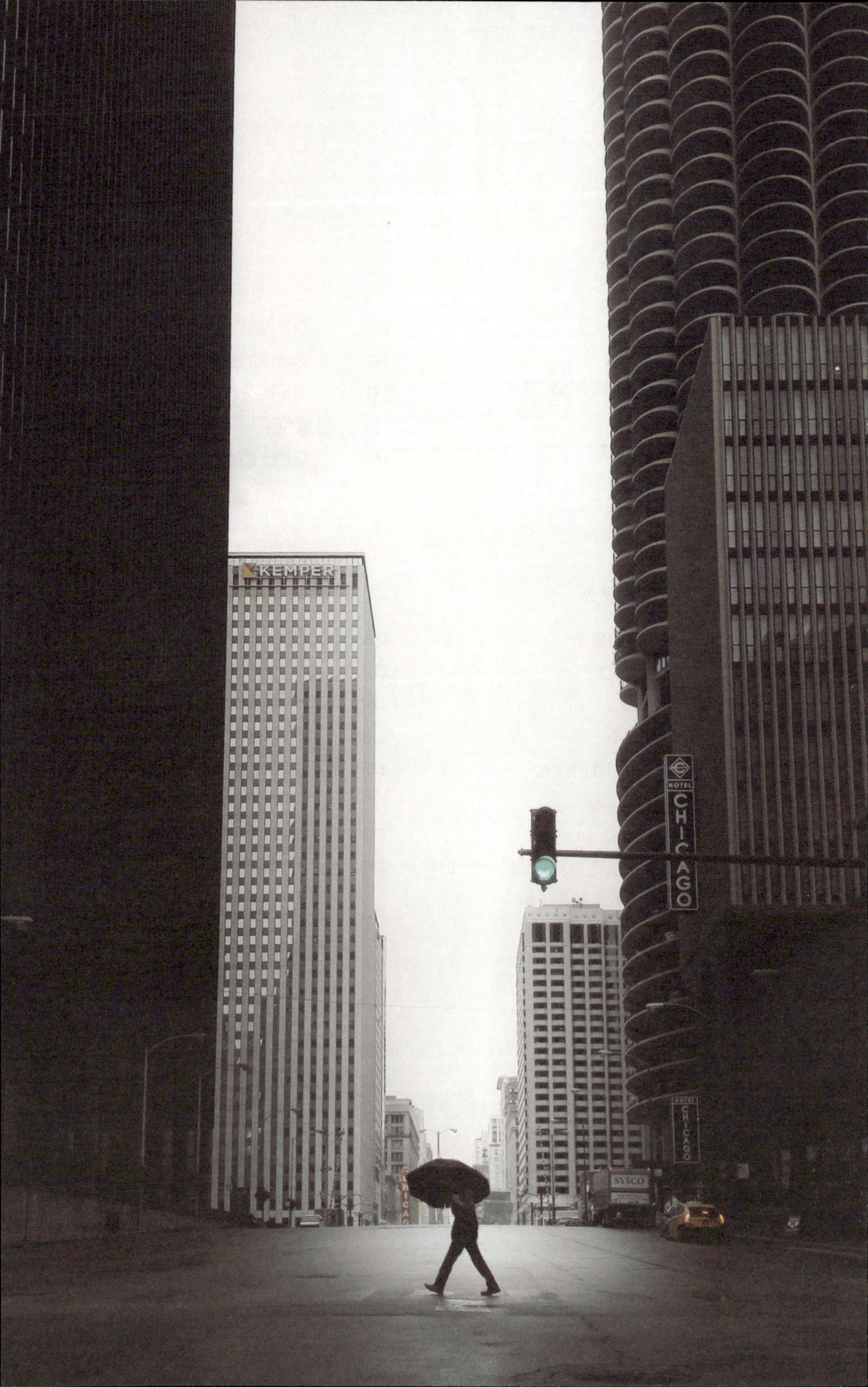
KEMPER
HOTEL CHICAGO
HOTEL CHICAGO
SYSCO

# 译者序

我一开始的兴趣源自这些文章的作者本·赫克特,作为一名六次入围奥斯卡最佳剧本奖的作家,他在专心剧本创作之前的一段记者生涯无疑令人浮想联翩。赫克特于1921年开始在《芝加哥每日新闻报》[1]上写作专栏,它被命名为"芝加哥的1001个下午"(由《一千零一夜》所获得的灵感),主要报道每天的社会新闻,情杀案、审判、盗窃、名流绯闻、天气、旅游热点,庞杂琐碎,无所不包。可单纯写这样的新闻有什么意思?赫克特和他的编辑决定用与众不同的随笔式文体来呈现这些新闻,在这些一两句话就能说清的简讯里加入他自己的构思,展开小小的故事或一幅图景。他像写小说一样把新闻再创造,赋予它文学的魅力,同时也烙上了赫克特鲜明的个人印记。赫克特是人物速写和对话方面的大师,简练、准确又不乏幽默感,尽管每则文章篇幅不长,但那些人物却总能给读者留下深刻印象。

开始翻译这本书之前,我问自己,怎么会有人愿意花钱读这些发生在一百年前美国芝加哥的社会新闻?

它太奇怪了!不,准确地说,这颗淹没在时空中的星球离我们实在是

---

[1].《芝加哥每日新闻报》(*The Chicago Daily News*):成立于1876年的当地知名新闻类报纸,曾13次获普利策奖。——译者注。后同。

太遥远，给出它的坐标比得知它的存在更让人吃惊。

然而，在翻阅这些短小的故事或者说随笔的过程中，我不断地被某种感觉袭击。好像突然打破镜子，瞬间的脆响和一地明晃晃的玻璃碎片扯开了记忆的暗区，模糊的意识中，我经历着：声响、碎片的排列、阳光下的浮尘，心里承受着空旷的震荡，引起意识的深谷中清晰明确的回声。熟悉的、来过的，身体被这些强烈的感受塞满，猫尾一扫，又无影踪。也许就是我们常说的，似曾相识吧。

遥远又陌生的似曾相识，故事里有，看故事的人也经历过。

一百年前的芝加哥是当之无愧的美国第一城，便捷的水陆运输极大地刺激了工商业发展，摩天大楼拔地而起，财富、工作机遇、人口伴随着犯罪、污染、混乱一起向它涌来。20世纪20年代美国禁酒令时期，芝加哥黑帮势力横行，从比利·怀尔德[2]的影片中便可窥见一斑，臭名昭著的黑帮老大、卡巴莱[3]酒馆的风骚舞女、马戏团狡猾的老板、大腹便便的银行家，这些是电影和小说里常常出现的戏剧化的标签。跟随赫克特晃荡在芝加哥的街头，在那些失业的南方移民、受审的女人、酒馆演员、内心充满挣扎的警察、疲累不堪的母亲身上，强烈的戏剧性消散了，真实的张力却显现出来。赫克特的内心牵挂着这些都市人，把他们融进街灯、时钟、烟雾、人流之中，拼凑出这座宏伟城市的模样。渺小的不同汇聚成宏大的统一体，这大概是现代都市永恒的诗意所在。如果你身在北京、上海这样的中国大城市，也许亦曾在某些瞬间意识到：周围的人像一枚枚齿轮，毫无

---

2. 比利·怀尔德（Billy Wilder，1906—2002）：著名的犹太裔美国导演、制作人与编剧，曾6次获奥斯卡奖。
3. 卡巴莱（cabaret）：一种有歌舞或滑稽戏助兴的餐厅或酒馆。

意义、彼此无干地运转，因而感到孤独；又同时因想到这个城市每个角落里都有着与你一样孤独的个体，从而感到温暖。阅读《芝加哥的1001个下午》，百年前的芝加哥仿佛就是你此刻所在的城市，时空相隔，你与赫克特进行了一次温热无言的握手。

孤独，呵，说起孤独让我又羞又怕。"孤独"这个词被用滥了，听起来一点儿都不真诚，让本就孤独的悲惨人儿更加悲惨。其实孤独哪有那么遭人嫌弃？许多人都默默攥着它，像攥着一张地下拳击赛的秘密门票，不露声色，心里却充满期待。孤独是相遇的前提，与某人，与某地，与某物，都如是。这个秘密，记者先生聪明，他只看不说，再写出来的，全是故事。

2016年春
于安仁又一个见不到日光的下午

序幕
# 神秘城市

Prelude

Mysterious City

大多数时候

城市中心像极了
一块超级钟表
裸露的表芯

人们步履匆匆

在齿轮、弹簧
和杠杆之间
迷失自我

序幕 —— 神秘城市

# 雾中风景

大雾蹑手蹑脚地漫上街头,像只巨大的猫一掠而过,缓缓地吞噬掉一切。

成片的写字楼消失了,只剩下铅笔留下的细细线条隐约浮现在烟雾朦胧的空中。人行道变成了孤立的阶梯,沿着它,似乎可以爬上某间矮房子的屋顶。交通信号灯在头顶上谜一般低语着,周围窗户透出的灯光洇成一抹黄。

雾越来越厚,终于整座城都消失不见。在高高的天空上,浓雾显现出一片地狱般的黯淡光辉,气泡一样地飘浮着。巨猫得手了,它在众人的头顶和消失的大楼之间蜷伸腾挪、保持平衡,姿态十分优雅。

我走在街上,想象着街道应有的样子,强迫自己适应眼前的景象。大雾把人群切割成一个个孤立的、超脱的存在,他们看上去不再被一种共同的力量所支配。大多数时候,城市中心像极了一块超级钟表裸露的表芯,人们步履匆匆,在齿轮、弹簧和杠杆之间迷失自我。

但此刻,这块超级钟表被掩藏起来了,作为零件的商店、办公室和工厂统统被埋进雾中。巨猫把它们吃了个精光。浓雾之下,齿轮可能还在旋转,弹簧还在伸缩,但至少这一切看上去已不存在。雾中匆忙来去的人不像是奔着商店、办公室和工厂而去,倒像是这浓雾迷宫中孤独的猎手。

是的,我们都迷失雾中,踟蹰漫步,没有方向。城市失去了轮廓。落

# PRELUDE —— Mysterious City

单的飘浮者不知从何而来,也不知去向何处,毫无意义。这群不在剧中的临时演员横冲直撞,哭泣,犹豫,要在戏里寻一个属于自己的角色。

突然,我听到一阵音乐,似乎是什么奇异的幻觉,于是停住脚步。门罗街(Monroe Street)和州立大街(State Avenue)的岔口上空飘来钢琴声和歌声,原来是廉价的卡布莱酒馆里在表演情歌。但只要是音乐,总能为此刻更添些神秘感觉。

这场关于雾的电影越来越引人入胜,甚至有某种意旨从中浮现,人们像是一一散落的、附属于雾的小小装饰品。巨猫吞掉了超级钟表,吞掉了人们奔走其间的齿轮和杠杆,把人赶出了他们习惯的路径;人们买买卖卖的永恒使命突然终结,他们变成了一堆无关紧要的饰物。被城市长久掠夺的男人和女人们,在雾中摆出有趣的姿势,他们模糊的表情似乎在说:"大钟死了。一直保持我们鲜活生动的那根丝线断了,于是我们又变回了彼此无关的个体。"

我附近有一个男人,他站在一个高高的架子旁边。我想起来那应该是卖日报的架子,报纸被卷起来,像白色的洋娃娃一样插满架子。这看上去与雾中的许多东西都有些类似,唯独不会让你想到报纸架。

一位漂亮姑娘从浓雾的背景中显现出来,她向架子旁边的男人开了口。

"有《得梅因纪事报》[1]吗?"

那男人衣着干练,取下一张报纸卖给她。姑娘的眼睛在触到头条新闻的一刹那放出光彩,好像偶遇了久违的朋友,她满足地走开了。对于她这样的外乡人,芝加哥是陌生的,被浓雾掩藏的楼房和街道是陌生的,每处

---

1. 《得梅因纪事报》(*The Des Moines Register*):成立于1849年,是艾奥瓦州(Iowa)最大、最有影响力的报纸。

序幕 —— 神秘城市

## Prelude —— Mysterious City

人潮拥挤的十字路口更是陌生。但现在她手中有了《得梅因纪事报》,有它做伴,大雾似乎不那么孤单了。过一会儿,她会坐在旅店房间里阅读得梅因的楼房里和街道上发生的事,一件件历历在目,反倒是芝加哥报纸上刊登的新闻有种遥远的非现实感。

迪尔伯恩大街(Dearborn Street)幽暗又舒适,人群不再是装饰品,反而成为了亲密的伙伴。在光线充足的时候,人们能看见超级钟表的精细运转,了解其中冰冷的机械原理,于是彼此脑中对他人的印象模糊起来,只留下半人或非人的剪影。此时那机械结构不复存在,完整的人性重新显现。路人坐在长椅上,俯身喝咖啡;店员在商店柜台后向外张望,一脸好奇;上班族来店里买雪茄,又消失在大楼里。大家都一脸友善,早晨疲倦的脸上竟挂着微笑,或者至少被一点点的欣喜和好奇点亮。三尺之外目不能及的大雾让人觉得新鲜,他们脸上的表情似乎在说:"终于每个人都一模一样了。这城市就是个巨大的虚无背景,没有它,我们也依然存在。我们比那些高楼大厦重要多了。"

人行道上传来一阵怪异的敲击声,很微弱,但确实越来越近了。接着我就看到了他,一个盲人,拄着拐杖从人行道上走过。我想到一个不错的故事。一场雾中的谋杀,大雾掩盖了凶手的踪迹,警长只好找来一名盲人侦探。只有他能在这浓得化不开的迷雾中穿行自如,只有他能找到凶手。长时间的黑暗训练出了对黑暗的敏锐,这位盲探拄着拐杖,一次次敲击地面,也一点点掘开了黑暗所掩藏的真相。

卖报纸的男孩不知道在何处猛地吼了一声:"卖报卖报!大雾导致火车相撞,卖报!"

我和朋友坐在办公室里,他刚在打字,突然停下来盯着窗外,似有所思。"如果每天都像这样会挺奇妙的吧?!其实也不错嘛,你觉得呢?不过大概很快又会发明能穿透浓雾的电灯,不出几年,城市会比现在更花哨吧。我挺喜欢雾的,让一切慢下来的雾。现在的节奏太快了,我还是喜欢慢生活,像一百年前那样。"

我们聊起来,被一种怀旧的情绪笼罩着,聊马车、大篷车,聊铁路、电话、电流和人流出现以前的时光。他并没有亲身经历那个时代,但就根据他所读到和想象的,应该是很不错吧。

走出办公室已是下午,雾完全散去了。城市又跳回人们眼前,张牙舞爪地宣告胜利。某一刻,你会觉得这城市是在一瞬间拔地而起的。所有坚固的楼墙和明亮的窗玻璃都在嘲笑我脑中残留的雾的印象。"不是雾吞掉了我们,我们才是真正的吞噬者。我们吞掉了雾,吞掉了人,吞掉了日子。"高楼大厦们干得漂亮!

我抬头望天空,那个巨大的灰白色的气球,像是这宏伟芝加哥城的一只玩具。

Prelude —— Mysterious City

# 密歇根大街

这是条应该被谴责的街道，它像一张奢华的长沙发，午后的时光在上面毫无意义地淌过。头顶上的天空如同节日里的遮阳篷，阳光映在大楼上，像小丑表演用的彩带。内燃机冒出的羽状轻烟缭乱地在空中飞舞，织成灰色、白色和淡紫色的幻梦。

这条不道德的街是水泥和钢化玻璃铸成的女妖瑟西[1]，漫步其中的人们像在排队等候宰割。我们根据所处的环境调整行为的能力还真是神奇。在其他街道上，我们显得既匆忙又忧虑。脸上蹙着可怕的眉，不停摆动的双手庄严宣告："别挡道，别挡道！我们正向着社会财富奋勇前进！"

而在这里，阳光从高入云端的窗户上撒下无数的金色泡泡，公园的绿荫垂入街心，向来往的甲壳虫汽车致意。橡胶轮胎滚过宽阔的马路，发出擦火柴一样的声响。大理石檐柱、喷水池，甚至连没完成的建筑都如此优雅；灰头土脸的博物馆前立着两只令人困惑的石狮，它们是与这浮华世界

---

1. 瑟西：希腊神话中的女妖，能把人变成猪。

格格不入的忧郁客人。我们像戏台上快乐的丑角一样走过密歇根大街[2]，像约翰·德鲁、杰克·巴里摩尔和利奥·迪特里希施泰因，像那济莫娃、帕特丽夏·柯林奇和刚保释出来的梅萨莉娜[3]。

受这条街道的诱拐，我也一整天没去工作，在这里闲逛。我发现不仅是我，几乎所有我认识的人都无所事事地在这里耗着，就像生活不用严格要求产出似的。有桌球厅吗？没看到牌子。这里应该立块警示牌来拯救我这样的人，上面写上"工作是每个公民应尽的义务"——我的祖国不仅在战争时需要我，和平时期也一样。这样大概就可以祛除这条街的邪恶魔咒，把我赶回打字机旁了吧，至少，可以写出几篇"小餐厅服务员曾是巴塔哥尼亚的王储"之类的故事。

然而，并没有任何标识让我们意识到自己的责任，于是漫游队伍继续闲逛。这是一场主题为"闲庭信步"的化装舞会。在密歇根大街上，整齐的胡须、漂亮的发型或者崭新锃亮的衣领就能带给一个男人类似权利和美德的快乐。除了打扮自己、取悦他人，人们在这里无事可做。

街上也有乞丐，但仅仅是为了凸显我们的光辉而存在。况且，那真的是乞丐吗？奥古斯都大帝也曾经穿上乞丐的衣服在罗马街头乞讨呢。

我注意到一件事，在走过那些令人眼花缭乱的橱窗时，我们脸上泛起

---

2. 密歇根大街（Michigan Avenue）：芝加哥的重要街道，呈南北走向，横跨芝加哥河，途经芝加哥水塔、芝加哥艺术博物馆（Art Institute of Chicago）、千禧年公园（Millennium Park）等主要地标。1871年的芝加哥大火烧毁了密歇根大街上的几乎所有建筑。大火之后，密歇根大街迅速得到重建。现在，密歇根大街芝加哥河以北的部分被称为"华丽一英里"，聚集着高档百货商场、餐厅、写字楼和酒店。

3. 约翰·德鲁（John Drew）、杰克·巴里摩尔（Jack Barrymore）、利奥·迪特里希施泰因（Leo Ditrichstein）、那济莫娃（Nazimova）、帕特丽夏·柯林奇（Patricia Collinge）、梅萨莉娜（Messalina）：均为20世纪初美国演员。

Prelude —— Mysterious City

了某种表情。我们在等待——就像演员们在舞台侧翼走来走去等待上场一样。很容易理解,这条街道的魔法在我们脑中植入了幻觉,让我们觉得浪漫的奇遇就在身边。

我们是法翁[4]、皮埃罗[5]、兰斯洛特[6]和勒安得耳[7],我们一边漫步,一边等待着美梦成真。那位戴绿色小圆帽的书记员是科林斯[8]湾的莱斯,那位从灯下走过的老妇人是季诺碧亚[9]。我们所有人都被施予了妆容,塞弥勒米斯[10]、丽达[11]和穿西服裙的仙女宁芙[12],粉底抹成的面具后面透出树妖的目光。如果你觉得经典太无趣,那么还有画家华多[13]和他洛可可式的皇族优越感。这儿有哥特风的鼻子、摩尔人式的眉毛、拜占庭的拖鞋。随便挑吧,走上密歇根大街,等待属于你的故事上演。

人们过着两种生活。一种是关于工作、约会、各种安排、破产和煤气账单的现实生活,另一种是非现实的、补偿我们单调日子的隐秘奇观。坐在办公桌旁,靠着公交车扶手,牙齿检查前的等待,独自享用午餐——这

---

4. 法翁(Faun):罗马神话中生活在树林里的半人半羊的精灵。
5. 皮埃罗(Pierrot):又称小丑皮埃罗,是意大利16世纪"即兴喜剧"(Commediadell'Arte)中的一个固定角色。
6. 兰斯洛特(Launcelot):亚瑟王传说中圆桌骑士团的成员之一,曾出现在很多法国小说和文学作品中。
7. 勒安得耳(Leander):希腊神话中一位俊美的青年。
8. 科林斯(Corinth):希腊历史名城之一,位于连接欧洲大陆及伯罗奔尼撒半岛的科林斯地峡上。
9. 季诺碧亚(Zenobia):公元3世纪叙利亚帕尔米拉王国女王,因反抗罗马帝国而著称于世。
10. 塞弥勒米斯(Semiramis):古希腊神话中,亚述国王尼诺斯(Ninus)美貌与智慧并存的王后。
11. 丽达(Leda):古希腊神话中的美女,埃托利亚国王的女儿。众神之王宙斯曾化作天鹅在湖中与之结合。
12. 宁芙(Nymph):古希腊神话中居住在山林、原野、泉水、大海等地的自然女神,也被称作为精灵、仙女或妖精。
13. 让-安东尼·华多(Jean-Antoine Watteau,1684—1721):法国18世纪洛可可时期最重要、最有影响力的画家。

些都是这种隐秘奇观出现的时机。白日梦让我们变成拿破仑或是唐璜那样的主人公，使我们感性地战胜了平日的枯燥，一点一点，靠想象解毒。有时候，当一个美妙的白日梦在召唤时，我们会很想自己一个人待着。朋友讲出"再见"的那一刻让人如释重负，终于可以把自己投入那种幸福的愉悦了。所有事情按我们预期的方式上演，通过一个小时沉醉的虚构，我们让世界重新焕发了光彩。

渐渐地，我开始理解，这条街是我们珍贵的非现实生活的圣地。我们聚集于此，让幻想羞怯地从日常生活中探出头来。在这条街以外，我们维持着原有的身份，愁眉紧蹙，眼神困顿。那些秘密人格被我们深藏于心底，远离层层叠叠的落地窗和循环往复的上班火车。

在这条瑟西女妖主宰的大街上，阳光温暖地包裹着我们，空气闪耀着光辉诱惑我们，使我们不知不觉灵魂出窍。不妨花上 10 分钟，打量一下这满街的男女主人公吧。每个人都是演员，都是伟大的、不可侵犯的灵魂。想要财富的话，只须伸出一根手指头，奴隶们就会抬着大箱金币走到你面前。整条街上都是欢乐的卡里古拉大帝和尼禄大帝，到处都是意气风发的成吉思汗和匈奴王阿提拉。

高楼大厦像巨大的灰金色蕨类植物在阳光里轻轻摆动。湖面过来的微风带来一阵奇异馨香，那是浪漫奇遇的味道！是的，所有故事都在此时显得黯淡，因为这条街上充满了传奇。一切伟大的胜利、扣人心弦的暗杀以及恢宏的征伐都在这几个小小的街区展开。沉默的幻境中，那些历史上伟大的时刻不断地浮现——

这位先生刚刚游过了达达尼尔海峡[14]，而那位刚刚征服了埃及艳后，还

---

14. 达达尼尔海峡（Dardanelles Strait）：亚洲和欧洲的分界线之一，属土耳其内海。

有一位眼中映出了千万支远航的船队。多么奇妙的街道！

天色渐晚，街上的行人纷纷散去，该回家了。有那么一小会儿，街上愉快的幻影们还不舍地流连。但回家的列车已经挤满了人，公交车也塞满了，已经没有恺撒大帝和堂吉诃德的位置。我们收敛起幻梦，一张张生动的脸终于凝成了相似的龟背。

就这样，整个下午悠然而过，有些该做的事赶紧去做吧。回想自己在密歇根大街的下午时光里做的白日梦，不禁有些脸红。在下午最黄金的两小时中，我都在与心中的魔鬼交谈。我和他进行了一场想象的交易，我把不朽的灵魂献给他，而他则替我写所有该写的故事、小说和剧本。我只需要拿出纸，放在一个特定的地方，第二天就能收获成稿——无论是短故事、小说还是戏剧，甚至诗歌、时事评论都可以。

哎呀，看来我只能带着不朽的灵魂老实自己写啦！

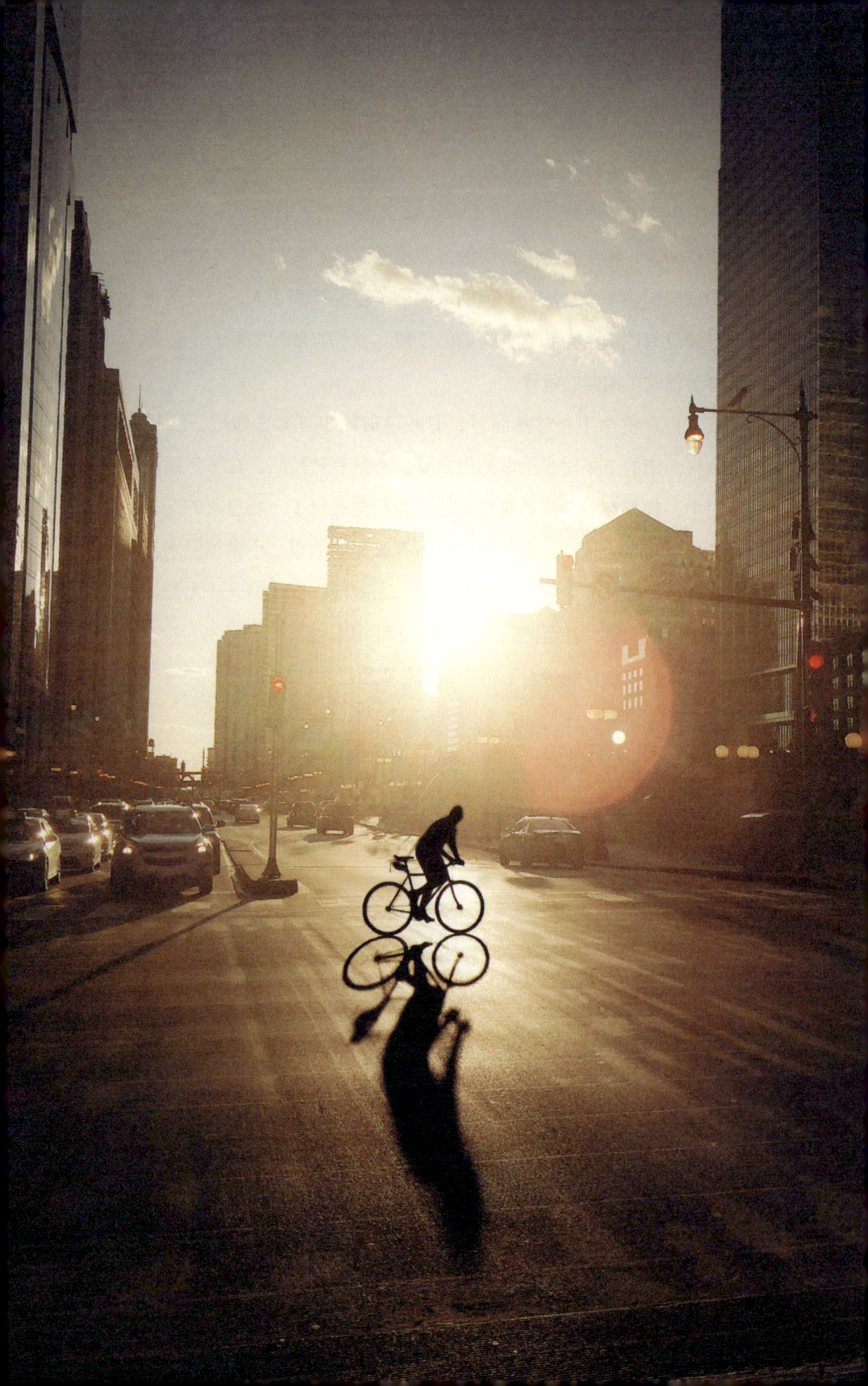

Prelude —— Mysterious City

# 大湖

当你坐着城际列车上班或下班回家的时候,大湖总在你耳边垂问一个古老的问题。从飞驰的列车车窗望出去,大湖像一只缓缓转动的车轮。这种印象十分奇特,仿佛列车疯狂地行驶在一个巨型车轮的轮沿,而车轮正向另一个方向旋转。

此刻,人们或许会产生幻觉,像是它在问那个古老的问题:"你要去哪儿?"

望着窗外的湖面,人们渐渐被伤感浸染。不仅列车乘客会感受到,夏天市政码头的狂欢者、湖滩上的游客,甚至所有在大湖的视线里经过的路人都会感受到。

夏天的湖滩一片生机勃勃,各种颜色的泳装和太阳伞在通向大湖的街道尽头绽放出节日的气氛。坐上湖北侧的公交车或者向南的城际快车,阳光照着游人鲜艳的衣服,像在黄色沙滩上洒下明亮斑驳的色块,咫尺外的湖水则是现代派艺术家笔下模糊的蓝白色平面。

不管冬夏,湖滩上总是挤满了游泳的人,像是撒满婚礼现场的彩屑,虽然湖边不时传来兴奋的笑声,但盯着湖面的人总是不免陷入伤感。的确令人奇怪。

也许是因为湖水了无生气、宽阔安静,让人忘掉了日常生活中蝇营狗苟的琐事。忘掉日常,便能记起被日常掩盖的某些东西,比如埋藏了很久的梦想，比如堆积如山、习以为常的事件底下交织的情感，比如希望。

于是，那个问题来了："你要去哪儿？"望不到边际的水面似乎在回答——"跟我来，去远方。"

这样的想法在人们的脑子里无声地排演，与其说是他们自己的思想，不如说这思想是湖的一部分，事实上，这就是大湖的思想。

人们望着湖面就勾起伤感情绪还有一个原因，大湖为他们提供了一个逃离现实生活的机会。花里花哨的、唠唠叨叨的现实生活中，他们是有责任的公民，要努力求生存的个体。短暂的逃离并不会刺激结束生命的想法，反而是为了更好地活下去。要活着改变，活出另一种姿态，要向着未知的港口扬帆远航，离奇的冒险会在那里等待。

城际列车载着成百上千的乘客往返于家和工作之间，这些谋生的人任由脑子里的想象越过地平线驰骋。当想象消散于眼前的现实，记忆便发酵出忧郁的味道。哎呀，他们也曾经恣意地生活过，那时候日子还没有沉重到把他们绑缚在永不停歇的城际列车上。如今他们每天都要做乘客，上班，或者回家准备明天上班。

大湖悄悄地在凝望它的人眼前做了个悲伤的鬼脸，每个人都感同身受。

我说得可能太忧伤了，不过这个话题也只能舒缓深情地讲述。城市画报这类报纸也许会给你描绘完全不同的画面——大湖是"城市的游乐场"，在这里可以做大量有益健康、积极有趣的运动。然而，我们不能忘记大湖的另一层属性，它是我们熟悉的事物，却有能力把我们拉入不熟悉的寂静之中。

这样的天空和大湖很容易勾起作家的灵感，它们以一种单调对抗着人们生活的单调，这是自然始终如一的单调，它不断吞没、消解着人们日常生活的微小意义，并且，将人们引入崇高的殿堂。

这也是一种美吧。美这个过于精致的话题不太容易引入到日常讨论中，读者常常嗤之以鼻。但大湖确实蕴含着某种美，这与精神状态和审美上的细微差别有关。

某种意义上，美是线条的节奏、色彩的律动、动作的张力、思想的创新等等所引起的感官兴奋。美常常带来一种悲戚的感受，因为美正像一束光芒，把崇高的自身投射到日常生活各种丑恶可悲的事物上。

如果以这样的审美逻辑去想，大概也能理解人们在眺望湖面时所产生的伤感吧。

大湖被秋色装点时，车窗外能看见南飞的天鹅，偶尔也有孤鸟盘旋在空中，好像不会停止的音符。水波冷冷的色调以及单调对称的行进也让人感觉到寒冷，就像从温暖的家中往窗外望着孤冷的清夜一般。而到了夏日，湖面变成了巨大的金色薰衣草叶。有时候云彩和太阳交相辉映，一派绮丽的景象；有时候湖面安宁纯净，让人想到家中美好的小细节——一只茶托或是猫咪的脊背。

在这样一个秋日，大湖让人失落，它不再引你奔赴陌生的冒险，它黯淡的容颜仿佛在说："离我远一点，远一点。待在温暖的室内，裹好你的大衣。人类，柔弱的小东西。"

当你离开芝加哥去到某个没有湖的地方，大湖的印象才更加鲜明起来。你会想念它，梦到它，它好像成为了生活挥之不去的一个部分。你只能适应看不见湖水的生活，心里却总是惦念着，没有湖，日子是多么贫瘠苍凉啊。

再过一阵子，大概一个月，大湖会变成歌舞剧的舞台。经过的人们会笼在雾气中，看着浓雾翻腾，掩映着湖水。天空湛蓝，阳光清冷，冰凉的雾气与湖水一起上演着绝美的戏剧，而你只要靠着车窗就能尽情欣赏。

序幕 —— 神秘城市

Prelude —— Mysterious City

序幕 —— 神秘城市

# 这样的一天

风卷过屋顶，发出大提琴似的幽咽，在这样的一天，人难免心绪纷乱。城市像一间熄了灯灭了火的屋子，黯淡无光。昨天窗户上还跳跃着阳光，今天却变成了一块块棺材盖子。

在这样的一天，我抽着烟，边走边想，昨天是什么让我精神亢奋。终于记起来，昨天下过雨，我在雨篷下一直等到雨停。我想起自己曾经轻快地走过这条街，奔向前方的高楼，楼里应该是有什么重要的事。我还同样急切地走过克拉克街（Clark Street）和门罗街。而今天又是大风天，漫长的寂静掩盖住街上的喧嚣，天空开阔深远，给人苍老之感。

一辆公交车颠簸着靠路边停下，一群人围了上去。我停下来观察他们。附近有个男人脸色灰沉沉的，嘴唇宽厚，眼神却挺机敏。还有好多各式各样的人，他们汇集到街头，奔向某个目的地。此刻他们正焦急地望着公车旋转扭曲的车轮。

我意识到，大家的张望中都带着某种奇特的紧张感，好像在等待一个重要的时刻。从四面八方赶来的十几位过客突然停下脚步，在这里驻足张望了 10 分钟、20 分钟、30 分钟，这是有原因的。因为这世上没有自行运转的机器，也没有操控魔法的精灵。每当机器轰鸣、马车徐驰，一张张喷香的烤饼出炉，一支支水笔勾出流畅的字母线条，没人会想到，这座宏伟的魔法大钟背后正是千万个如此驻足张望的人，他们聚精会神、不可动摇、日复一日地推动着时间的指针。

坐上交通工具的人们像顺从的机器在街上掠过。一脸严肃的人们眼神庄严，步伐沉重的人们一定肩扛重任，还有那些温和安静、看上去人畜无害的乘客——所有人似乎都满怀心事地在街道中穿行，仿佛被某种使命控制着。然而这只是幻觉，其实他们脑中空空如也。人们就像水中游泳的鱼，突然被一个闪亮的罐头盒捞起，于是只好停下来，瞪着惊讶的眼睛。

破旧的公交车捕获了他们，把他们压缩在这个小小的空间里，这件事想想也极不寻常，但在每一位乘客的脑中却也平淡无奇。

在风似提琴幽咽的这一天，我也站在人群中。我感到我们都是小孩子，甚至是婴儿，有着疲倦的灰扑扑的脸、张大的嘴巴，无知地看着这世界。思想上空空荡荡的人们在这一刻繁忙的街道上不小心显露了自己的不繁忙，此刻没有什么东西占据着他们的大脑。破旧的公交车是神赐的片刻解脱，它给予我们一场戏所带来的快乐。

我低头抽烟，又胡思乱想：人们为什么会这样盯着窗外？他们在看什么？他们又是谁？那双怔怔的眼睛背后藏着什么心思？我想也许是些死去的梦想和已经被遗忘的失败，让他们有了这样空洞的眼神。人们活下来，越来越顺从，最终成了巨大的城市引擎里的一缕能量。

序幕 —— 神秘城市

## 潘多拉的魔盒

一个昏沉沉的夏日午后,天空落下几道闪电。风扇叶片一般向远处辐射开去的摩天大楼在晦暗中闪着棋盘格似的光芒。天下着雨,又湿又暗的人行道上,行人们被一种缓慢滋长的喜悦所包围。他们脚步急促,似乎在用目光向彼此招呼着:"我们终于有了共同点,我们都在雨中淋湿了。"人们不再像是神秘的陌生人那般疏离。一个小跟班从市场街一路屁颠屁颠跑过来,一边高声叫着:"下雨啦,下雨咯……"他身边的细雨呢喃着,黑镜般的人行道上,城市的倒影栩栩如生,像一幅印象派的绘画。

华盛顿街(Washington Street)上的科维奇麦基书店(CoviciMcGee)亮着慵懒的灯光。新书旧书堆满书架,一直延伸到天花板高高的阴影里。下雨天,尘土覆盖的书籍都从架子上探出身子抛头露面,古老的神话、战争、梦和故事在阴影中温柔低诉,又或许是外面人行道上的落雨浅吟。书架上伟大的哲学家们坚毅不屈,精装的经典系列长长地叹息,权威人士的生活评论也"嗯哼"着摇头晃脑。是的,下雨的日子里,连那些平日里最厚重的名字也变得孤独起来,而皱巴巴挤成一堆的五颜六色的下层民众——那些江湖郎中、民谣歌手、流氓混混、半吊子哲学家以及白日梦想家的作品,齐声念诵着巫师的魔咒,又或许,那也是雨水打在雾气重重的书店玻璃窗所发出的声响吧。

人们冒雨而来。一位姑娘没带雨伞,脸上全是雨水。她是谁?也许是一位被困雨中的正在找工作的打字员。又有一位提着老式编织袋的主妇,又来了一位面容亲切的老姑娘,当然,还有不少别的人。他们因为无所事事而显得有些紧张,在这个盈利性的商业空间里,应该要买点什么才像话。于是他们的目光礼貌地掠过一排排书架,搔首弄姿的书脊一个个跳入眼帘,旧书、新书、充满活力的书、死气沉沉的书——然而无情的顾客却径直把目光转向了特价区——"一律 30 美分"。过气的畅销书在这里卸去芳华,成了迟暮的美人,下一步迎接它们的将是收废品的老汉——1 美元 100 本。流行于文坛的赫赫大名此时不再闪耀着光辉,大抵跟一本电话簿上的名字般普通。这家二手书店里的分区带着几分伏加特舞的韵律,2 元架、1 元架,转个圈儿,5 毛抓一把。曲毕,新书涌进舞池,旧书退场。

没带伞姑娘在那儿琢磨书名。当然,是一个爱情故事,而且只卖 30 美分。她打开的那一页上写着:"他挽着她的胳膊……"在雨天谁能抗拒这种诱惑?

雨还在下,更多的人走进来。一位中年男人,衣服、帽子和那张脸一个比一个奇怪,石青色的皮肤,银框眼镜后边的眼珠子也是石青色的。他完全是漫画中的学者形象,或是《爱丽丝梦游仙境》里卖旧衣服的人。雨珠从他杂乱僵硬的石青色发丝上滴落下来,他走向那排最高的架子,把眼镜往鼻梁上推了推。他面前是一排不登大雅之堂的幻想文学——《星魂之光》(The Astral Light)、《问神》(What and Where is God?)、得克萨斯州都何尼[1]的作品《人类:起源、天性和命运》(Man: His Origin, Nature and Destiny)、《魔法星》(The Star of Magic)。

---

1. 都何尼(Dohoney, Ebenezer Lafayette, 1832—1919):美国政治家。

## 序幕 —— 神秘城市

石青色的手指紧张地摸索过那些书脊,这是古怪哲学、科学和宗教的地下室,永动机发明家、全神贯注的炼金师、表情诡异的中世纪神父、四维空间、太阳崇拜者、犹太神学研究者、巫毒大师——它们瞬间为书店注入了活力。人们和书彼此静默无言地彼此靠近,迷失在这些古怪的梦境中。

这些人被下雨的城市所遗弃,带着些许雀跃的兴奋,闲荡到这旧书店来。外边的世界成了一片花哨却不真实的幻影,街道以及街道上面无表情的男男女女、垂直的高楼、平行的车流织成模糊的网。在街上,生活潜隐不现,而在这些旧书店高高的阴影里,玄奇志怪的书架上,真实以一种怪异的变形存在着。研究心理学的西克逊博士可能会把这奇怪的雨天判定出某种同幻想书一样的性质。而旧书店的店员就和善多了,他对顾客的随意翻找毫不在意。雨停之前,他们会买下《巨人的摇篮》(*The Cradle of the Giants*)、《恶魔学精要》(*The Key to Satanism*)、《自然魔法》(*Natural Magic*)、《星辰和弦》(*The Astral Chord*)、《神秘学指南》(*Occultism and Its Usages*),把宝贝书紧贴在胸口快步回家。卧室里塞满的神奇鬼怪书籍,散发出幽谧的气息,似乎覆盖着尘土的书页幻化出的奇异形象正在抵抗着这个煤气灯照耀的现实世界,非理性像无头骑士一般冲出真实与想象的边界。公园里的夜间沙龙一时间冒出不少神采奕奕的陌生人,谈论着点金石和流感的占星学缘由,这正是被雨撵进旧书店的人一直目不转睛关注的书目。

大雨又带来一位男子,一位穿着破烂的藏书爱好者。他姿态随意,却掩藏不住心中对旧书的热爱。旧书,旧书,对他来说简直是一句魔法咒语。他搜索的目光像在爱人的脸上游走,上上下下,无比温柔。他完全了解它们,无论是套装书、首版还是特价书。他是旧书不受束缚的恋人,但店员却把他看得紧紧的,因为这位恋人可是个敌手。这可不假,这位在雨天光临二手书店,举止随意、目光锐利的先生可不是什么善类。6个月前,他的一位同类在这里淘到一本售价 30 美分的《印第安战争》(*Indian Wars*),转手卖了 150 美元。两个月前,也是这样一位人物,在这里淘到一本卢梭的《爱弥儿》(*Emile*),上边还有卢梭的亲笔题字"献给伟大的法兰西国王",75 美分买进,200 美元卖出。

然而,今天他应该一无所获了。雨点在窗上敲了一个小时,他似乎还在打量高书架上的一些老朋友,那都是被翻过好几遍的。除非——除非他再碰巧遇到什么被漏掉的货色。悄悄扫一眼题名页,没戏。待他转身离开书架时,店员松了一口气。

雨终于停了。二手书店里的客人渐渐散去,脚步前前后后,又在旧书店门口堆放的俗丽的书籍坟墓前稍作停留,当作告别。天色慢慢亮起来,楼檐边落下的雨滴间隔愈久。这时店里走进一位西装革履的绅士,礼貌地向店员探问道:"请问这里有《投资指南》(*The Investors' Guide*)卖吗?"

序幕 —— 神秘城市

# 10美分婚戒

天色阴沉，薄雾中环路挤成一张鬼脸，霓虹灯亮起来，大楼的轮廓在半明半暗的天色中一下子变得如此鲜明。

街道上弥漫着歌舞剧的气氛，窗户调皮地眨着眼睛，店铺大门像一排亮晶晶的牙齿。这座城市仿佛是老式恐怖片里的魔王，把无辜的生命都变成石头的美杜莎。

我沿街而行，嘴里哼着坏人的主题曲《冰船之歌》(*Skeeter Scale*)，当戏演到两个码头工和斜眼中国人爬进梅布尔的卧室窗户乘机绑架她时，乐团就演奏着这支曲子。

那时真是歌舞剧的黄金时代，坏蛋就是坏蛋，一定会戴顶丝质帽子；男主人公一定体格强健，观众一眼就能认出他波浪形的卷发和开领衬衫。

噔噔噔哒噔，乐谱上标记了一段轻轻的拨奏，现场歌舞剧就这么开始了。伟大的城市登场，在霓虹灯嫉妒的目光下，表情木然的人流缓缓穿行。圣诞节要来了，灰暗的天空撒下模糊的灰色雪片。

这是歌舞剧的好设定，我们只需要一点情节。那么，来吧——有了坏蛋和哭泣少女的故事才能活灵活现。等等！一间10美分商店！一堆新奇古怪的小玩意儿、糖果、厨房用具、圣诞树挂饰、盐焗干果、爵士唱片，还有连指手套。

Prelude —— Mysterious City

　　窗帘被拉开,多么精致的场景呀,仿佛是厨房里的康尼岛[1]。无数的小东西、标志牌、气味以及声音谜一样混杂在一起,辛德瑞拉在玻璃制品区焦急地寻找着小仙女。

　　收银台传来一阵铃声,又有穷人来买礼物。这些华而不实的小玩意儿是他们生活的奢侈品,这间吵闹拥挤的小店是他们的富足之地。不过我们还是放过他们吧,别忘了我们是来找故事的。

　　摆在一边的点唱机播着爵士歌曲,转动的唱盘倦怠地望着女顾客们。歌曲都是《若我安好,可否垂爱》(*Won't You Let Me Love You If I Promise to Be Good?*)、《斑鸠爱我》(*Love Me, Turtle Dove*)、《我爱少尉》(*Lovin' Looie*)、《爱的布鲁斯》(*The Lovin' Blues*)之类的情歌,全都关于"爱,爱,爱",都有星空下的吻、浪漫月光和"她抢走了我的男人",悲伤的、愚蠢的爵士情歌。墙上四处挂着音箱,声音从盐焗干果、黄铜饰品和办公文具几个区同时传出来,带着鼻音的唱腔还有些沙哑,有时都听不清歌词。

　　收银台丁零零响个不停。"您要结账吗,女士?一件10美分,女士。"挎着大包小包的顾客们穿着破旧,无论年纪、目光都疲倦无神,她们在小商品堆里穿来穿去,关于爱的爵士情歌一直尾随。歌声跟随玛奇来到卖散珠的柜台,她烫着日式蓬发,嘴里嚼着口香糖,不断地把黑色上衣的下摆往下扯,好盖住臀部。

　　噔噔噔哒噔,开始了!我们的故事出现了,把外边闪亮的城市和人群当作背景吧,那雾中巨龙一般潜伏的城市没有灵魂,而眼前同样闪亮的却

---

1. 康尼岛(Coney Island):位于美国纽约市布鲁克林区的半岛,原本为一座海岛,其面向大西洋的海滩是美国知名的休闲娱乐区域。

是一堆 10 美分的婚戒。第一幕就到这里。

现在进入第二幕——主角是站在柜台前，说话刻薄、眼神同样倦怠的年轻售货员玛奇。关于爱的歌曲萦绕耳畔，顾客来来去去，许多面孔在她眼前浮现又淡去。谁会来买这些戒指呢，玛奇？你注意到那些奇怪的客人了吗？你怎么认为有人会买 10 美分的婚戒呢，玛奇？

"请稍等。"玛奇说，"需要点什么，小姐？要戒指吗？什么款式的？噢，好的。10 美分。黄金的和白金的都一个价。是的。"

两个女孩咯咯地笑着走开了。玛奇随意嚼着她的口香糖，用她白皙紧实的手轻轻捋了捋蓬松的发际，继续讲话。

"好的，我懂你的意思，你想了解这些婚戒对吗？没问题。每天我们会售出二三十个，大部分是孩子们来买，女孩男孩都有。有时候也有穿得邋遢的老先生，不过，主要顾客还是女孩们。

"有时候我会留意她们。在跟我询问戒指的时候她们会咯咯笑，还老假装是送给某个朋友的恶作剧礼物。还有的时候她们会在柜台边逛上半小时，搞得我跟只小猫一样紧张。因为我知道她们想买，可是又鼓不起勇气开口询问。最后她们终于下定决心挑起看好的戒指，一句话不说，掏给我 10 美分。

"今天早上一个不到 16 岁的姑娘来挑戒指，她很健谈，一直开玩笑，还问了不少白金的戒指是不是看上去太隆重之类的问题。她说她要买 6 个，问我是否有折扣。我在包戒指的时候看到她在哭，她在柜台上留下 60 美分，流着眼泪说：'算了，算了，戒指不用包了。我根本没机会戴，拿回去只会更伤心。'"

一位中年男顾客打断了我们的谈话。"需要点什么，先生？"玛奇问，"要戒指吗？喜欢什么款式？"

"呃,普通戒指就行。"男人目光扫视了一圈柜台,用极冷漠的口吻回答道。之后,很冷静地指着一对戒指说:"这俩吧。"两枚婚戒,20美分。玛奇用眼神打量他,小声对我说:"对了,一般男人会买两个。一个自己戴,一个给姑娘。姑娘大多买一个,买两个的通常另一个是给陪自己排队的女性朋友准备的。这么说吧,这些婚戒从没听过婚礼进行曲,它们可不是为婚礼准备的。"

让我们又回到阴郁的街道上吧。脑中盘旋的故事里,谁是坏蛋,谁又是男女主人公呢?也许能有个简单的答案。那些神色困倦、挎着大包小包的人流,那些混杂在车流中忽隐忽现的人群,他们正是邪恶的反派。

一群一群的购物者,手里提着给叔叔买的拖鞋、给妈妈买的围巾、给弟弟买的手套,还有浴室里用的肥皂。各式各样买来的东西被塞进这个城市五光十色的房间里,买来的挂毯、窗帘和蕾丝装点着所有的窗。

乐曲时而舒缓,时而欢快——咯咯笑的小女孩,一脸横肉的码头短工还有油头粉面的花花公子们每天溜到玛奇的柜台,在"爱,爱,爱"的歌曲煽起的黏稠空气中,为了婚戒抛下一枚闪亮的 10 美分硬币。

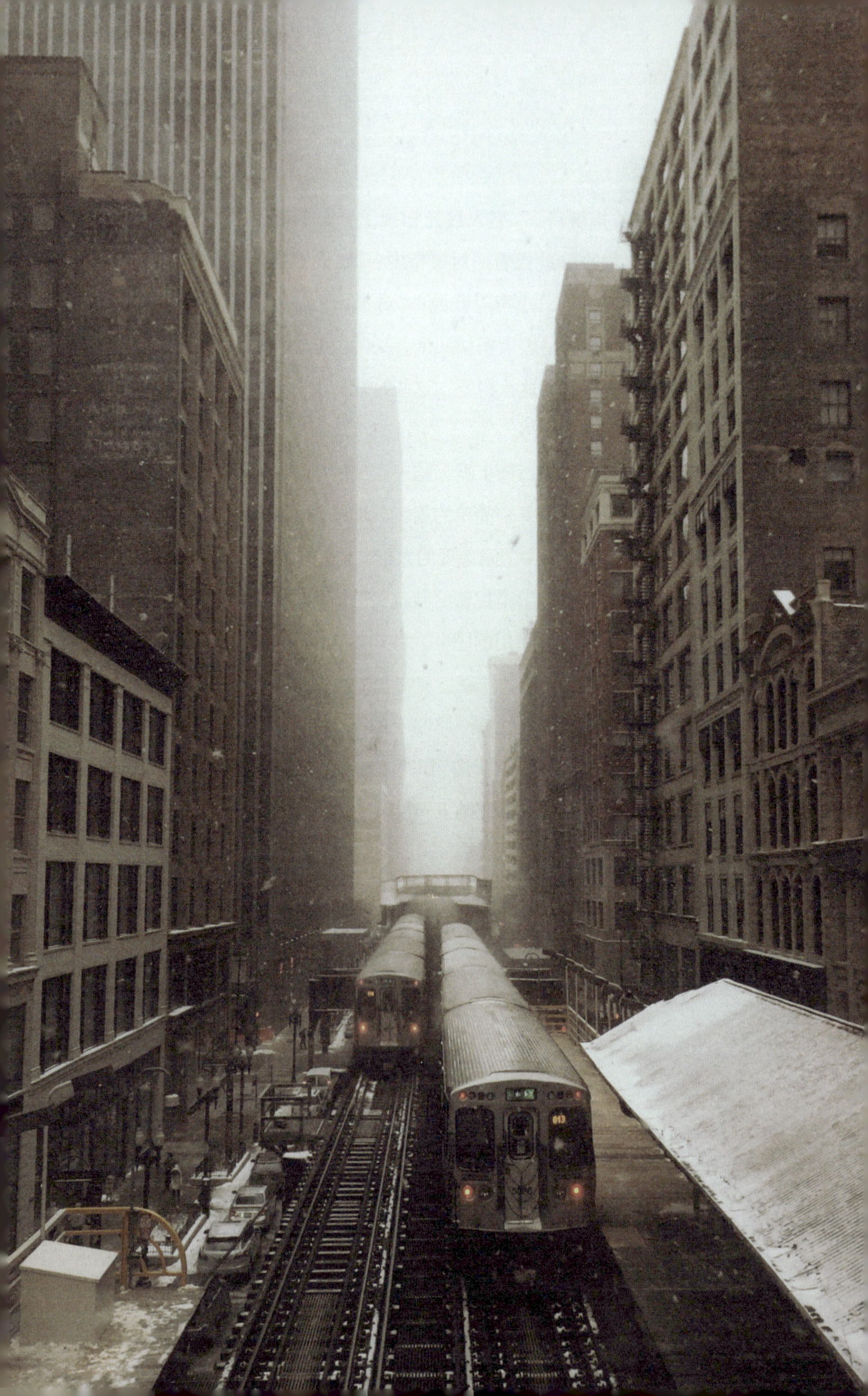

Prelude —— Mysterious City

# 时钟与深夜班车

音乐剧里说得对，城市会"睡觉"。窗户彼此道过晚安，高高的屋顶是掖好的棉被。人行道上寂静一片，没有一个人。黑夜像一把巨大的扫帚扫过街道，带走了白日的喧嚣。

一家房产中介的窗户上挂着时钟，深夜 2 点。而隔了几扇窗，又有面钟，指针指向 2 点 10 分。

在舍费尔德大街（Sheffield Avenue）等深夜班车的记者走向街角，听着车轮的转动，抬头打量着时钟。时钟们并没有休息，它们挂在墙上以不容置疑的一致节奏嘀嗒前行，空寂的黑暗中只有它们白色的脸和黑色的数字在说："嘀嗒，时间从不瞌睡，时间推着这个城市每一面时钟的指针不断转动。"

唉，如果时钟的时间都不能统一，那么时钟的主人们非机械的内心又要怎样保持的节奏呢？记者先生难免一声叹息。舍费尔德大街上的时钟们似乎在争吵，像是一群有教养的大学教授，平静地说出自己的意见。"2 点 8 分。2 点 3 分。2 点。差 2 分 2 点。2 点 10 分。"

于是，纵然黑夜清空了街道上的人群，白天的困惑仍在继续。在这没有人参与的争论中，时钟是主角，它们在彼此争论时间。

记者在一面破旧的时钟前停下来，它指着 6 点，很明显是已经坏掉了。它的秒针不再转动，可记者先生突然觉得不应该因此而鄙视它。至少,在这一片的时钟里只有它做到了完全的"精确"。每天总有两次,在其他时钟为"差2分6点"还是"6点2分"争论不休的时候,只有它稳稳地停在6点。

远处,一束黄色的光掠过公路,像是模糊的灯笼。记者站到街角等着。深夜班车来了,它不一定会停。有时候公交车会极其冷漠地对等车的乘客视而不见,留下他们在街角满腔怒火。他们当然有愤怒的权利,因为受到了冒犯。有些人还会向不停靠的公交车扔砖块,最终因此蹲了号子。

这辆车还是停了。刺耳的刹车声一定惊扰了舍费尔德大街不少人的美梦。夜晚幽凉,公交车静静停在路边,明亮的窗,缤纷的车漆,一切似乎变成了一幅现代主义画作。

一半的座位上都有人。记者跟售票员一起站在前排,打量着这一车的晚归客。售票的是位面容和善的老先生。

车上不少乘客在睡觉,把窗玻璃当枕头或用手撑着下巴,要么就干脆让头随着车晃来晃去。几位年轻人眼睛红红的,一个小姑娘穿着样式时新的廉价裙子。还有几个中年男人。大家看上去都很困倦,却又都带着某种神秘感。

这些深夜的乘客究竟是谁?此时为什么不在自己的被窝里?他们从哪里来,要往哪里去?记者心存疑惑,跟售票员攀谈起来。夜班车在黑暗隧道般的路上欢快地跃动,和善的售票员打开了话匣子。

"我在这条线上工作6年了。都是深夜班,我觉得比白班好。我结过婚,妻子过世了,反正晚上也没别的事可做。

"不,我不认识这些人,除了某些固定时间上夜班的工人,大部分都是陌生人。我想,应该是些刚在外面浪完的人吧。他们很有趣,而我却常常替他们感到遗憾。是的,先生,没来由地这么觉得。

"有些人大概刚跟女人喝酒回来,坐下来不一会儿就滑倒在座位底下，你会觉得他之前的开心放纵很不真实。悲观吗？不，我不是悲观主义者。你要是像我一样天天盯着夜班车上这些人，你会明白我的意思。

"这是事后的观察，人在结束工作之后看起来总是更糟。起初，我猜大概是因为困。后来，他们整晚地站在这儿，我发现有更多的原因。他们当然很累，然而更重要的是他们明白了这个世界并非他们想象的那样。

"我很少赶人下车，喝醉的人很伤感，我也同情他们。他们随意地瘫着，到站我才把他们叫醒。也有很有趣的事情发生，有次一位夫人抱着孩子哭得很伤心，一直坐了3圈都没下车。我猜到她应该是刚跟丈夫吵架冲出了家门，纽扣都只扣了一半。

"有一回车上一位乘客第二天见了报，自杀了。我一下子就记起他来，不，他看起来一点不像要自杀的人。他跟车上其他乘客一样——又累又困，心情低落。"

和善的售票员把一位乘客扶下车。

"你好奇这么晚他们要到哪里去吗？会不会想知道他们在外头干什么？"车子开动的时候，记者问。

"噢，其实不太关心。我发现这些问题的答案其实并不那么有趣，夜班车的乘客大多很相似。不外乎去参加派对，去跟姑娘约会，或是刚刚下夜班。有什么区别呢？我只能说当售票员这么多年后你会对他们产生同情心。乘客们都很相似，只是夜班车上的比日间车上的更疲倦罢了。"

糖果店铺里的钟指向3点12分，几扇窗旁边有钟显示着3点5分。记者一边往家走，一边看着这些时钟。跟之前一样，它们始终意见不合。时钟一样的表盘就像夜班车乘客一样的面容。又有面停下的钟，上边是3点12分。记者先生想象着明天早上的报纸该如何登载售票员的故事，脑中又突然出现了不在4点12分的4点12分的画面。深夜里的事总归有点混淆。

序幕 —— 神秘城市

# 雨夜告白

夜雨窸窣地下着,街边的步道成了黑色的镜子,倒映出一幅城市印象画。窄窄的街道上布满商店昏暗的窗,一片寂静中,雨幕掩着路灯,遥远得像是地平线下的火车汽笛。

昏暗的商店上面是石头和木头的楼房,也熄了灯。人睡了,雨下着,闪着亮光的步道用倒影自娱自乐。

我有一个小时需要打发。站在充满潮湿尘土味的大厅里往外看,这一切像是幅老旧的伦敦版画,我一直想买下来装框挂在墙上,却始终没找到。

独自在台灯下写人跟看着漆黑的夜雨想人是两种不同的快乐。在台灯下,你的脑中会跳出许多想法,你会想起人们说过的话、做过的事和他们的坚持,慢慢地,这些东西取代了你脑中人们的具体样子。你会想:"这样的人是清教徒,他们极度害怕那些会威胁到他们理想与信仰的东西,并且也希望别人认同自己的信仰……"是的,你会想这样的人是这类,那样的人是那类,很简单就能区分。人们喜欢清晰明确的想法,也就是定义。于是可以安心坐下来分解它们、抨击它们,找出弱点,揭露错漏,并在这过程中寻求快感。台灯之下,破坏范例的工作简单又温暖人心。

而在夜雨中,暗的灯对着暗的窗,步道上有奇妙幻影——雨中的世界

## Prelude —— Mysterious City

不同。雨夜窸窣，似在低语。

"人哪，"你会想，"疲倦的人们静静睡在这黑暗中。"

想法不再那么轻易地、清晰地涌现。那种崇高的愤怒感，破坏范例所产生的优越情绪，不再自然涌现。你也不会再执着于"人们这样那样"，不会的，你停下来倾听夜雨的絮语，这特别的沉默让你伤感。

生命开始从那些理念上分离。人们说的、相信的东西，他们为之立法、为之牺牲的东西与人们内心无关。清教徒、伪君子、罪犯、笨蛋，都成了薄纸般的面具，把它们统统撕掉是如此有趣。

生命在夏天把树木染绿，召唤鸟儿在空中盘旋，生命给它最贫瘠的孩子们也洒上一丝温柔、充满激情的光芒。黑夜、雨、路灯，人们在床上熟睡，风、霜，明天将要落下的雪，花朵、阳光、乡村小路，步道和群星——它们都一样。生命通过它们呼出同样亲密而神圣的气息。

当你在雨中明白这些的时候，那种愤世嫉俗的心情会跟一把破雨伞似的，无用地垂在你手边。明天，此刻沉睡的人们又会生龙活虎，又会发表激进的观点，追逐、竞争、怀疑、渐渐陈腐，屈服于可笑的规则。明天，他们起床后又要撒谎、诡辩、偷窃、吹牛，甚至杀戮，每个人都被自己言语和姿态中的完美所激励，那是一种安慰人心的偏执。是的，明天的他们仍然是今天的样子。

然而在这雨夜，他们从完美中解脱，把面具暂时脱下。没有了义愤填膺，于是可以开始沉思。小小的街道上的黑色窗户背后睡着那么多人，这是多么温馨亲密的场景。他们的身体已经来到这世上太久，几乎跟那些建造房屋的石头一样久。他们遭遇过那么多事，灾难、恐怖和魔鬼使他们跌倒，但他们又总能站稳脚跟——在洪水、地震、瘟疫和战争之后继续生存。

人哪，真是英勇无畏的奇迹。无穷尽地背负着各种想法、神祇、禁忌还有哲学，可仍然栖身于这小小的街。世界已经老了，树木凋零，物种消逝，而这黑黑的窗户里面却躺着它永恒的奇迹——永葆纯真亲密的人类。

是的，你会想向生命致敬，而不仅是人类。对生命来说，你无法逃出它的范式，即使是美的对立面，也有其存在的必要理由。

雨还在下。路灯在雨中发出单调的弧形光。你很难不去想：人类能活到现在多么神奇，雨和黑夜是多么迷人，那些争执多么可笑，内心的魔鬼猖狂地攻击一张张纸面具的行为是多么幼稚啊！

我走出混杂着泥土味的大厅，一只狗从附近的阴影里安静地走过来。它以恰如其分的平静面对这夜雨中的街。

和这么一只奇特的狗漫步夜雨中肯定很有趣，于是我轻轻朝它吹了声口哨。它停下来，转头看我，带着些许不安。"他想干什么？这人是谁？如果不理他的口哨会如何？"

它犹豫地停下脚步。"也许，这个人会给我庇护，到处都有善心人。"就在我吹口哨之前，这只狗在雨中平静而快乐。现在却变了，它转过身走向我，步伐有些局促，已不再平静。我的一声口哨使它突然陷入了倦怠和孤独，把它从夜和雨的沉醉里拉出来。它有了同伴。

我们一起走了一段路，狗和我，揣测着彼此的心思……

Prelude —— Mysterious City

## 熟悉的夜晚

月亮呢？不见了。这个来自外界的发光体被城市夜空中闪耀着的紧身衣和冰激凌广告牌挤走了。我们站在州立大街的一座桥上眺望河面。

夜有夜的轮廓。首先映入眼帘的是昏暗的河水以及桥灯投下的银色、金色、红宝石色的倒影，好似水中招摇着的狂欢节旗帜。有轨电车穿过威尔斯街（Wells Street）桥，桥下的河水顿时荡起一片银光，某个瞬间让人恍惚觉得那是一道幽灵瀑布，不一会儿又变幻成别的。灯光的倒影很有表演欲望，站在桥上辨认它们演出的戏码是种有趣的消遣。它们一会儿像这样，一会儿像那样，像金色的抱枕，像汉字书法，像巨大的惊叹号。

船也有船的轮廓。浓重的阴影堆积在河岸，船的样子便从中缓缓浮现。与灯光的倒影不同，船的轮廓没有那么多指涉，它们停在暗处几乎要与黑夜融为一体，你只会想到船和船上的人。

人和船。船尾挂着的小灯笼是精灵守夜人，大鼻子货船伏在岸边沉沉睡去。头顶上高悬的霓虹广告眨动迷魅的双眼，远远地揽住人们的目光。于是从西边开始数，一座桥，两座桥，三座桥。桥上的汽车晃动着前灯，发出古怪的轰隆声。

沉睡的拖船、快艇和游船只让我想到一件东西——引擎。越是凝神观看，它越沉入神秘的阴影，此刻被遗弃的引擎像伏在阴影里的人类尸体。引擎和人在某种意义上密不可分，而那些散落在暗处的小木船则是人

序幕 —— 神秘城市

Prelude —— Mysterious City

序幕 —— 神秘城市

类的残肢。

夜的轮廓更加清晰。沿河的建筑窗口黢黑,砖墙渐渐模糊下去,连起来的房顶组成了一座巨大的摇摇欲坠的楼梯。月亮去哪儿了?窗户在翘首盼望它遥远的银辉,寻不见,于是也沉沉地睡了。只有不知疲倦的霓虹灯还时不时向它们抛去几束顽皮的彩光。

整天赞美神庙和高雅艺术的绅士,你们可曾了解城市夜色里的暗窗?来啊,忘掉那些你不曾见过的昨日辉煌,那些大教堂和帕特农神庙;来吧,看看黑色窗户上时不时喷发出的"Z"形光焰,那是玻璃反射的霓虹之火。河岸边的窗户像字母表一样排列成行,规矩得如同打字机上的按键,你可以把它们想象成各种东西,只要默许心愿,黑暗的窗户就会变幻出你想要的图案。

墙的轮廓也浮现出来。没有窗的仓库在阴影中成为一块巨大的幕,这边随着暗影消失了,那边又跟从光线跳出来,好像在玩堆积木。半掩在黑暗中的轮廓,窗户和屋顶,勾起了人们的遥远记忆——城堡、宫殿、地牢、战争、女巫以及大教堂。

再定睛看一会儿,幻觉又消散了,只余下人类残肢般的黑块。人们把这一切抛弃在黑夜里,让广告肆无忌惮地嘲弄它们,而它们真正的美才由此显现。夜色吞没了一切,只留下线条、角度、形状、节奏和光影。这些东西没有意义,没有指涉,它们不是某个观点或事件的符号,它们因此拥有了一种纯粹的美。

几个闲逛的路人站在桥上,手肘靠着栏杆,手掌撑起脸庞,他们望着这一片夜的风景。威尔斯街上传来一声低哑的哨音,铃声悠悠荡开,黑暗中升起窸窣的噪音。空中有巨大的东西缓缓移动,铁路桥拉开了,铁臂直戳入空中。桥下一只小船驶来,搅碎了黑色湖面上的光影旗帜。

## Prelude —— Mysterious City

各式各样的噪音。船的哨音,桥上的铃声、警报声混杂着水流声,像木头敲击木头的闷响。灯光也变换了颜色,黄色的灯被潮湿的空气裹上一层绿色模糊的边缘,似一汪神秘的碧水。河水中散落着红色、金色和银色的方块,间杂着灰色、蓝色和黑色的影子。船尾的精灵灯笼,像闪着光的巨型毛毛虫有轨电车。银色瀑布、红宝石色的中国字、铅灰色的窗,以及从古铜到碧绿的一千种阴影……这一切只在桥上游人的眼中。

汽车把古怪的引擎掩藏得那么好,像古代战车一样优雅,平滑的线条模仿着猎狗、鸽子和兔子,这些大街上隐秘的居民。南华特街(South Water Street)上没什么人,总是布满灰尘、冷冷清清,然而到了晚上却弥漫着腐烂的气味,那是食物和农场的味道,隐秘的居民们能够用鼻子分辨出鸡蛋、橘子、白菜、土豆、李子和哈密瓜。

街口的几家电影院灯火辉煌。人们拥进缀满小灯泡的天棚,纷纷掏钱买票。河边的建筑静悄悄的,船只停靠在阴影里。电影广告牌下偶尔有警察走过,窗户映着夜游人的花衣服。所有的气味、声音、光线以及高墙上的温柔图案都在夜色中等着有心人去发掘。

我们怀揣这些体验离开,当自己某一天游荡在陌生的地方,总会又记起这些感觉。不是言语,而是无意义的线条以及夜晚的河畔景色在脑中留下的一片混沌的惆怅。于是眼睛盯着著名的纪念碑、古战场、文物和宫殿,心里却忍不住感叹:"真想回家啊。"

序幕 —— 神秘城市

# 装饰

装饰品总会被换掉,没有最好,只有更好。维庸[1]笔下的巴黎建筑诙谐活泼,莎士比亚的伦敦变幻无常,《瑞普·凡·温克尔》[2]里消失的纽约欢快喜悦,这些幽灵总是徘徊在摩天大楼和发电机构筑的现代性之中。

过去的美丽错误被一个个撵上正轨。公路不再是充满随机冒险的游乐园,而是平稳高效的交通设施。屋顶不再像一堆傻里傻气随意斜挂的帽子,窗户不再互相调皮地眨眼,门廊和烟囱、栏杆和霓虹灯也变了样。路上的鹅卵石和尘土也消失不见,至少官方声明是这么说的。

以前的城市像一出即兴音乐剧,城市背景跟人们的衣服一样是为了衬托心情。帽子、羽毛跟三角形格子窗适合浪漫爱情,手套、佩剑与角楼、暗门则正好搭配传奇冒险,不朽人物的传记少不了连绵起伏的山谷、羽毛笔、鹅卵石、低语的木楼梯以及叮叮当当的送奶车。

这一切都被合理地修正了。今天的城市异常高效、实用、理智,铺成

---

1. 维庸(François Villon,约 1431—1463),中世纪末法国最杰出的抒情诗人。
2. 《瑞普·凡·温克尔》(*Rip Van Winkle*):美国作家华盛顿·欧文(Washington Irving,1783—1859)创作的著名短篇小说。小说中的故事发生在荷兰殖民地时期的美国乡村,含蓄地讽刺了殖民地时期陈规陋习和当时唯利是图的商业气氛。

## Prelude —— Mysterious City

一篇平整的陈词滥调。情绪败给了布局，一场翻天覆地的革命！达达尼昂[3]把巴黎穿作斗篷，或许英萨尔先生[4]会把芝加哥穿成衬衫假前胸。而我们大多数人都与城市相伴，这片生活背景为我们提供了众多便利，它运转不息，值得信赖。成千上万的窗、设计精妙的交叉路口，堪称使用奇迹的抽水、供暖和电力，以及各式交通工具一起组成这个伟大的节拍器，它是我们集体意识的纪念碑。

总有少数异类，那些从祖父身上继承了流浪气质的人，终日幻想像海盗一样深切地爱和恨，他们又要如何跟这都市相处？唉，也只好待在家向打字机倾诉吧。若想出门买瓶香草苏打振奋精神，在冲过州立大街时极有可能被城市的人流撕得粉碎。

然而——这个词带着天生的乐观主义，有些东西并不跟装饰品一样跟随时代变化，比如男人和女人。尽管城市一本正经的面具让人喟叹，尽管安静怀旧的森尼塞德大街（Sunnyside Avenue）让人忆起莫里茨·冯·毕森[5]的军队大摇大摆迈进比利时的情景，但男人和女人总是不变的主角。

你自然想问，他们在哪儿？的确，城市里的男人女人到底在哪儿？你只能看见人群，而具体的男人和女人难觅其踪。你会发现人群被广告吸引着，广告指挥他们到这里、去那里。男人和女人们躬身把自己献给了广告商。

然而，又是然而，仍然有别的途径——出租车，这是可以观察到男人

---

3. 达达尼昂（D'Artagnan）：法国著名作家大仲马"火枪手三部曲"的主角。大仲马以火枪手达达尼昂的一生为主线，描写了法国 17 世纪中期的历史和社会现状。
4. 英萨尔先生（Mr. Insull）：英裔美籍公用事业巨头，大萧条时期公司破产，于 1934 年逃回芝加哥，因欺诈等罪名三次受审均获无罪。
5. 莫里茨·冯·毕森（Moritz von Bissing, 1844—1917）：德意志帝国陆军大将。出生于一个历史悠久的军官家庭，参加过对奥地利和法国的战争。

女人的保留地。维庸的巴黎、莎士比亚的伦敦和消失的老纽约一起被塞进一辆辆出租车里，在这儿，男人和女人小心拿出他们保藏的神秘面具，那勇敢、具有探索精神的祖父所留下的财富。

啊，出租车主们决定为了现代便捷高效的生活方式献身服务业时，一定做过一番内心挣扎，然而，尽管赫兹[6]先生看不起轿子、牛车以及四轮马车，乘客们却是另一般心境。

人们越来越不安分的时代，出租车里的奇观依然可以带给我们安慰，而赫兹先生的广告和优惠政策也无法改变这一点。从出租车的小小窗口向外望：年轻貌美的姑娘眼神急切，嘴唇轻启，纤柔的手握着一柄阳伞，应该是在烦恼幽会的人儿迟迟未到；面容俊俏的公子哥儿衣着入时，像是披着呢绒和裘皮的圣殿骑士；还有年轻的打工仔拖着大包小包；紧张的老女人，神秘的流浪汉，发皱的丝绸帽子，婴儿从襁褓里伸出的手指，留奇怪胡须的红脖子男人……

这是旅途的好伴侣，对眼睛和脑子都是不错的消遣。出租车沿着整齐的车流行驶，远处的背景拉扯成黄的、绿的、蓝的、紫的各色线条，一起诉说着目的地的高铁门、条格窗，也一起回忆着即将出航的帆船、灯火通明的酒馆。

人群挤在人行道上，堆在过往的公交车上，塞满电梯、大厅，不禁让人好奇他们要去往何处。一群有欲望的脊椎动物自然要顺应广告的召唤。然而，总有人例外，看哪，他站在街边喝着香草苏打，完全打乱了这场欲望游戏的节奏。

毋庸置疑，这些奢侈的出租车都在向着确切的目的地奔驰。皮坐垫上

---

6. 赫兹（Herz）：美国赫兹汽车租赁公司创始人。

Prelude —— Mysterious City

被颠簸的疯狂造物正要去往某个神秘的大公司,而前排眼珠黝黑、嘴唇刚毅的秃头司机有着无比迷人的部落雄风,神似阿克拉斯[7]山寇和索马里海盗。看着出租车飞驰而过,不难想到卡莱尔[8]的《晚刺》(*Night of Spurs*)里路易斯(Louis)和备受折磨的安托瓦内特(Antoinette)同赴断头台的情景,以及我们效率低下的记忆里曾经草草忽略的其他细节。

没有主旨的报道是不完整的,作为一名诚实可靠的记者,我必须在最后加以总结。本文的主旨很简单,也没有什么新发现,我想说的是,在出租车旅途中陪伴我们的路边奇观与人行道上一门心思的脊椎动物并无不同,他们都一样。这一事实给了我们希望,让我们相信这个世界并不像它看起来那样正经刻板。尽管建筑工程师、广告商、水管工人们的劳动改变了城市的面貌,但每一个男人和女人都还保存着混乱和戏剧的精神,那是城市过去的装饰背景宣扬的精神。

---

7. 阿克拉斯:位于阿尔巴尼亚境内的山脉。
8. 卡莱尔(Thomas Carlyle,1795—1881):苏格兰知名评论家、讽刺作家、历史学家。

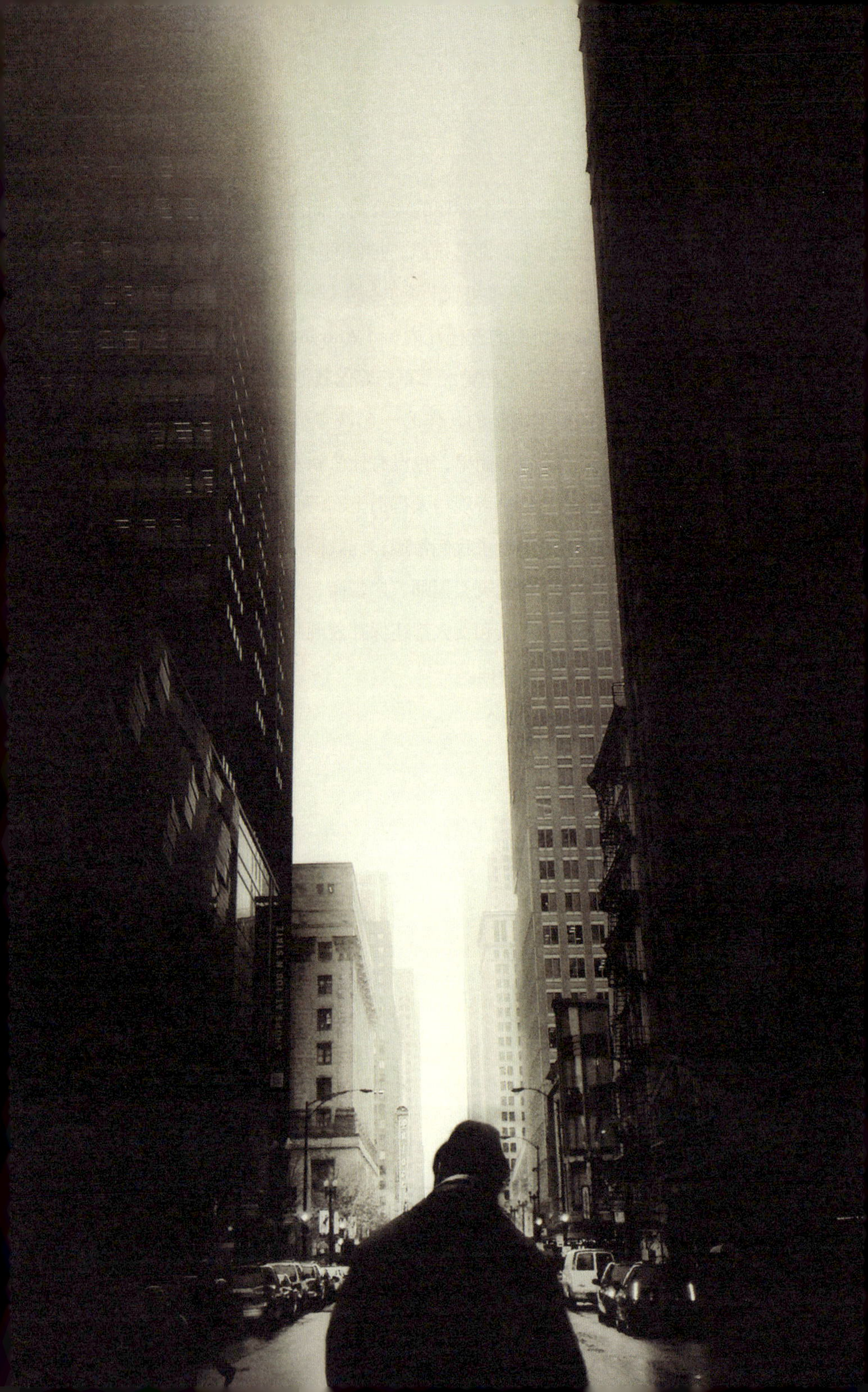

Prelude ----- Mysterious City

# 信

我书桌的某个抽屉里装满了读者来信。有些只是打个招呼，不过大多数都是给我的建议，好几百份关于新故事的建议。

今天，我在翻阅的时候突然觉得这些信件本身就是故事。就从简单的说，每封信的纸张和笔迹都不一样，和人一样，长着不同的面孔。

然而，这厚厚的一大摞约莫360封不同的信件却只化成一个建议，360种不同的笔迹也在讲同一个故事——

"每天上班的路上我都会遇到一个男人，他身上应该有故事可挖。他有点奇怪，嘴里一直自顾自地念叨着什么。"这是一封用普通白纸写的信。

"我常常看到这位老女人，没人知道她是谁，做什么营生。她绝对是个神秘人，应该可以做你故事的主角。"这一封写在粉色的信笺上。

"他总是半夜里在市政厅踱来踱去，几乎每天晚上你都能找到他。他一边走，一边吹着奇怪的口哨。没人跟他交谈，当然也没人知道他在那儿干什么。这人身上一定有离奇的故事。"这封信写在商业书写纸上。

"她住在后巷，据说没有工作。她这个人行事很奇怪，让我一直很好奇她身上会有怎样的故事。您可否去探索一番，写出来呢？她的地址是……"这封写在印花的信纸上。

"我一直在等您写迪尔伯恩街大桥（Dearborn Street Bridge）附近游荡的那位古怪老头，我老是在同一个地点撞见他。我非常想知道他的过去以及他为什么总出现在这里。"信纸应该是股票交易员的工作表。

"他在路边卖炒豆子,模样老派。他总在笑,我一见他就会幻想他经历过的事。他肯定是个有趣的怪人。"这封是用便签纸写的。

"几年前我第一次遇见她时,她穿着黑衣服在跑步。那会儿已经过了晚上 12 点,我觉得奇怪。后来我总在午夜看到她跑步。她大概四十岁,长相就让人觉得不一般。附近的人都称她'神秘女'。请晚上到奥克利街(Oakley Avenue)来自己看看吧。她一定会告诉你奇妙的故事,我保证。"信的结尾写着"一位速记员"。

信件不断涌来,都是关于一些陌生的、奇怪的、衰老的、神秘的、惹人发笑的或是引人注目的男人与女人。他们孤独的、谜一般的背影静静地游荡在街道上,无名无姓,他们是远离城市舒适生活的被放逐者。

如果你坐下来一口气读完这些信,便会对这座城市产生一种非常古怪的印象。你仿佛能看见一队神秘的身影穿过街道,那是古怪者的方阵。继续读,所有身影会逐渐凝缩成一个。因为所有的信极为相似,信中描述的神秘人都有着类似的特征。

这些古怪奇妙的人像组合起来,在你想象中呈现出一个具体的人:高大、朦胧,低着头,戴着兜帽,眼睛从乱糟糟的眉毛底下鬼鬼祟祟地向外张望。瘦长的手指在黑斗篷底下抽动,他在街上无声无息地挪动脚步。

有时候我会出门寻找信上所描述的"神秘女",她们通常是被生活压得喘不过气的可怜人,记忆里满是创痕。要么就是因为战争或外伤造成的心理疾病,偶尔使她们出现幻觉。每个都会说:"我讨厌别人。我不喜欢这片社区。我自个儿过。"

所有的信都在问:"这人是谁?"

然而,找到的却总回答不了这个问题。

## Prelude —— Mysterious City

　　这些怪人的故事总是不如推荐我寻找这些怪人的信件有趣。信里透露出的匆匆一瞥组成了城市中的古怪旋流，仿佛怪影们从暗处向外悄悄张望。他们朝着巨大的磨坊走去，被绞碎，被重组，成了那位静默前行的巨人，戴着兜帽，厚厚的黑斗篷下手指微微颤抖。

　　我的另外一个抽屉放着不同的信件。那些是怪人们寄来的信。奇异飞洒的笔画让人以为纸上爬满了蜘蛛和蝙蝠。这些信很少署名，并且大多是用便宜的蓝格子纸写的。

　　大概有两百多封吧，如果坐下来一口气读完，似乎能感到那位兜帽巨人在对你诉说。那些古怪的身影停下脚步，坐到你身边，在你耳畔悄悄讲出奇异的故事。

　　这些信里写到星星、会影响人类进化的发明，以及他们自己的奇妙发现；还写到未被发现的新大陆、登月旅行、地底的神秘人种等等。信里有他们犯过的罪，有让他们一直难以入睡的古怪念头，还有人们应该信奉的古怪神祇。乱涂的笔迹道出了巨人的灵魂，他说："万物如一，上帝俯眼能看见一只蚂蚁。生命之轮运转不息，人生只是白驹过隙。总有一天你会懂，只是此刻你的双目蒙尘。"

　　读过所有的信，城市仿佛变成了一个画面。办公室里，衣着光鲜的白领正在与一位漂亮的速记员交谈。他们正忙着工作，不经意的眼神瞥向高高的窗外。窗外有个古怪的身影，戴着兜帽，低着头，巨大的黑斗篷下，手指在微微颤动。

# 第一幕
# 美国梦

First Scene

American Dream

讲讲人群、街道
大楼、霓虹灯

讲讲心中　　　　　　对生活发表一番
孤独旋转的陀螺　　　痛切的呈词吧

讲讲身边　　　　　　讽刺它
杂乱臃肿的欲望　　　漫无目的
　　　　　　　　　　且不自知

# 范妮

范妮为什么这么做？法官想知道，也想要帮助她，于是说："好了，范妮，都跟我讲讲吧。"

都讲讲，都讲讲……范妮坚忍的面庞冲着地板，她本可以都讲讲，但她不发一语。她的心里很沉重，一片模糊厚重的浓雾笼罩着思绪，脑子里空白一片。

那么看看警察的记录吧。3年前，范妮从普莱诺[1]来到芝加哥。她像一只成熟的玉米掉落在麦迪逊大街（Madison Street）上，红红的脸颊、黑黑的头发，眼睛明亮有神。

这座孤独的城市啊，有着一样孤独的人群和孤独的灯，孤独的建筑里奔忙着成千上万孤独的灵魂。人们笑着，走着，眼里憧憬着：夏天的公园，冬天白雪覆盖的街道，天上的月亮像扇遥远的窗户，地上的橱窗里星星琳琅满目——这些都是范妮故事里的一部分。

法官想弄明白。于是范妮抬起头来，像被踢了一脚的狗，眼睛大大的，目光钝重，还溢出些许悲怆。狗的主人是快乐和忧愁的配给者，神秘得令狗费解。他的关爱和打骂不可预测，他的理由偶尔能被察觉，却无法

---

1. 普莱诺（Plano）：美国得克萨斯州东北部城市。

被完全理解。

在这降服罪犯的法庭上，在这庄严公正、慧眼如炬、泰然自若的法庭上，在这供奉着整个社会神权的法庭上，法官大人有时候会感到一瞬间的迷惑。罪犯们抬眼望向他，眼神迟钝，溢出悲怆。这些卑鄙的、邪恶的、颓废的脸上长着一样的眼睛，嗫嚅着某些无法作为证据的话。眼睛们说："我不知道，我不知道，你要我讲什么呢？"

这样的眼睛与祈求宽恕的机灵的眼睛、伪装天真的戏剧化的眼睛、表达忏悔的妩媚的眼睛都不同。法官大人很清楚，他读得懂，其他的眼睛仍然在为生命讨价还价。

但范妮的眼睛不一样。是的，法官的确想搞清楚。他精明的大脑涂上了一层模糊的胶，检察官的指控低沉得只剩嗡嗡，基于现实的、令人厌恶的嗡嗡声。

又一次对可疑公寓进行突袭。日复一日，乐此不疲。罪恶在城市中扎下了永恒的根系。一个不知疲倦的撒旦，习惯了自己枯燥的角色；一双不知疲倦的正义之手，习惯了每天的眼泪与恳求，谎言与愧疚。

这里边没有故事。有一天，法官大人晚宴结束走路回家，他抬起头，看到满天星星，不变的、毫无意义的星星，从中看不出什么东西。它们是被遗弃的秘密，就像范妮眼中的秘密一样。不变的、没有意义的眼睛，它们不乞求任何东西。但是，整个世界透过这双眼睛盯着法官大人，这张脸呆呆地抬起来，等待审判。

没有辩解。检察官做完了指控，范妮仍然不发一语。这很棘手，因为法官大人突然意识到辩解的存在。事物总有两面性，这是无比巨大的辩护。是的，另一面是什么呢？法官大人想知道。告诉我，范妮。讲讲人群、街道、大楼、霓虹灯，讲讲心中孤独旋转的陀螺，讲讲身边杂乱臃肿的欲望。然后向我解释夏天的公园，冬天的雪，以及天上如窗的月。对生活发表一番痛切的陈词吧，讽刺它漫无目的且不自知。像舍伍德·安德森[2]那样描述内心搅动的欲望，像雷·德·古尔蒙[3]、陀思妥耶夫斯基[4]、斯蒂芬·克雷恩[5]那样叙说，像叔本华[6]、德莱塞[7]、以赛亚[8]那样表达，像所有心灵被疑问点燃的追寻者一样妙语连珠。法官大人会好奇地倾听，并且也许，只是也许，会在一瞬间理解你眼中呆钝的悲怆。

看报的警察把报纸放下，就这样你在犯事儿的公寓里被抓了。违反了城市法案第 2012 条，要蹲 30 天监狱，范妮。除非法官大人网开一面。

那些眼睛会在某个晚宴后回家的路上追问他一样的问题。

"你多大了？"

"20。"

"写成 22 吧，"法官大人微笑着，"你没什么可说的吗？不解释一下你是怎么卷进这件事的？你看起来不是个坏女孩。当然，外表常常具有欺骗性。"

---

2. 舍伍德·安德森（Sherwood Anderson，1876—1941），美国小说家。代表作为短篇小说集《俄亥俄州的温士堡镇》（又译《小城畸人》）。欧内斯特·海明威、威廉·福克纳、约翰·斯坦贝克等作家都受到他的影响。
3. 雷·德·古尔蒙（Remy de Gourmont，1858—1915）：法国后期象征主义领袖诗人，代表作有诗集《西茉纳集》（一译《西摩妮集》）。
4. 陀思妥耶夫斯基（Dostoevsky，1821—1881）：19 世纪俄国大文豪，主要作品有长篇小说《罪与罚》《白痴》《卡拉马佐夫兄弟》等。
5. 斯蒂芬·克莱恩（Stephen Crane，1871—1900）：美国著名现实主义文学家，代表作为长篇小说《红色英勇勋章》(The Red Badge of Courage)。
6. 叔本华（Schopenhauer，1788—1860）：德国著名哲学家，代表作为《作为意志和表象的世界》。
7. 德莱塞（Theodore Dreiser，1871—1945）：美国现实主义作家，与海明威、福克纳齐名。代表作《嘉莉妹妹》。
8. 以赛亚（Isaiah）：《圣经·旧约·以赛亚书》中的主要人物，公元前 8 世纪的犹太先知。

## First Scene —— American Dream

"我跟着他去的。"范妮说。她指向一个粗眉毛、没刮胡须的男子,的确像是个古怪的风流浪子。

"之前认识他吗?"

范妮摇了摇头。案子再清楚不过了,法官大人却犹豫起来。他感到某种情绪在胸口蔓延,也许他应该站起来,伸出手,喊出那句经典的名言——"退下吧,以后不许再犯。"结果他咬了咬钢笔,叹出口气。

"我再给你一次机会,"他说,"下次再犯就要坐牢了,记住。如果再被抓到,可没有任何借口。下一个案子。"

现在我们可以跟着范妮走出法庭,街道将她吞没,人群对发生的一切一无所知。范妮现在与每个人无异。但还是让我们跟着她吧,也许会有什么东西浮出水面,为法庭上的这次审判增加一些启示。

仅此而已。范妮在一间药店的窗户前停住脚,周围人群纷乱。范妮站着,面无表情地看着窗户。那里边有一面小小的镜子,城市在其中掠过,它也被这极其复杂的一幕吸引住了。

范妮盯着镜子,叹了口气,然后——迅速地给鼻头补了补粉。

第一幕 —— 美国梦

# 自我的公正化

"那个男人至少当过十多起刑事案件的陪审员。"

萨巴斯法官指着一个又瘦又矮的男人,他头戴一顶窄边圆礼帽,夸张的胡须几乎占去了一大半的脸。这位先生坐在刑事审判庭的窗沿边上,孩子气地摆荡着双脚,嘴里有节奏地嚼着烟草。

"刚刚法庭在挑选下一个抢劫案的陪审员,他没被选上,但还是赖着不走,可控辩方两边都不要他。你应该能从他身上捞到点故事,我觉得他应该是个伤心人。"

这位戴礼帽的矮瘦男人,继续在窗沿上晃着脚,他说他叫马丁。

"法官说得没错,"他说,"我当过14次陪审员。4次是谋杀案,4次重大劫案,还有5次其他刑事案子。"

"为什么你那么喜欢当陪审员,马丁先生?"

"好吧,先生,我确实很喜欢。我可以骄傲地说,14次陪审我从没输过。"

马丁先生瞄准痰盂啐了口痰——啐歪了。

"有些陪审员几乎每个案子都输,他们一上来就毫无斗志。就说我陪审过的怀特利谋杀案吧,那次差点就要输,只有我坚持意见,就我一个人不同意有罪判决。怀特利是无辜的,瞎子都看得出来。"

"您做陪审员多久了,马丁先生?"

## First Scene —— American Dream

"前后有 23 年。第一次陪审时我还是个小伙子，那是个小案子——抢劫案。尽管当时还年轻，也没什么经验，但我还是赢了。那时候陪审案子可比现在难得多，因为当时的律师一个个口若悬河，好像会根据说话多少计酬似的。

"我不是指那些辩论型的律师，我最讨厌的是那些问证人一大堆无关紧要的问题，只会拖节奏的家伙。当然，辩论型的律师也好不到哪儿去，有许多律师因为在结案呈词时摆脸色输掉了。我作为陪审员有一个原则，一个成功的原则——一定别相信那些说得天花乱坠的律师。"

"萨巴斯法官说他们今天想让你回去。"

"嗯，"马丁先生哼了一声，"是因为有个律师前两年在我手上输了案子，于是怀恨在心。律师都这样，他们最恨我们这些唱反调的人。

"如果你想了解如何能成为一名合格陪审员，那你就问对人了。首要的一点是对人性的深刻理解。我不陪审案子的时候也在法庭上待着，研习人性的法则。可以说人性在本质上都一样，但据我的经验，有些人身上会表现得更突出。

"了解人性之后，你得了解律师。律师是审判过程中最难啃的一块骨头。一开始，他们就极具欺骗性，如果你不警惕，他们就会利用你的信任大做文章。有个叫厄布斯坦的刑事律师，很聪明，自从我四年前让他输了个官司之后，他就一直记恨我。那是个杀人案，他自以为很老道，但到了摊牌的时候我问了他一堆问题。我们当时的审判团团长说我把他给问'爆'了，厄布斯坦听了那些问题脸都紫了。我这边最后以 5 票取胜，厄布斯坦从此牢牢地记住了我。

"还是继续说做陪审员的事儿吧。首先，我不看报纸，从来不看。一个陪审员不应该事先对案情有任何了解。我年轻时就总结出了这一点，法

第一幕 —— 美国梦

First Scene ---- American Dream

庭上最先问你的问题就是'关于这个案子,你都知道些什么?读过哪些文章,说过什么言论?'你应该摇头到底。

"只要发现你确实什么都不知道,他们就会急迫地让你做陪审员。因此,我避开了一切新闻,对于最近发生的大案我一无所知。因此,我没有任何先入为主的偏见,一定要保持这样。

"还有,"马丁先生从另一个角度瞄了眼痰盂,接着说,"我也不归属于任何教派,这只会成为障碍。你想想,如果被告是新教徒,你是天主教徒,他一定会选同样是新教徒的人做陪审员的。所以我不归属于教派,甚至连教堂都不去。我跟政治也毫无瓜葛,也不是哪个作家或者演说家的粉丝。我想尽量保持思维的中立,对所有事情都不持偏见。"

"你为什么这么喜欢当陪审员?"

马丁先生愣了一下。

"为什么?"他不自觉地重复了一遍,"因为这是每个人应尽的义务啊。并且,"他把眼睛眯成一条缝,继续说,"我比很多人都幸运。大部分人一辈子只会被征召几次,而我几乎每年都被叫来陪审,有时候一年几次。真的,我没吹牛,也许是政府发现了我的天赋。毫无疑问,如果知道我做陪审员从未输过官司的业绩,政府对我有些偏爱也很正常。我觉得这是我应得的,很光明正大。"

"你怎么看洛杉矶这起神秘的泰勒悬案,马丁先生?"

"哈哈,你这是在给我下套呢,你以为可以不知不觉地让我上当吗?这跟审判时律师常玩的把戏差不多,都盼着我在这里栽跟头。我从没听说过什么泰勒悬案,我不看报,你知道的。"

"真是太遗憾了,马丁先生。那故事很精彩。"马丁先生叹了口气,从窗沿上滑下来,捋了捋弄皱的西裤。

第一幕 —— 美国梦

"是啊。"马丁先生又发出叹息声,某种渴望溢满了他湿湿黏黏的双眼,"这里的节奏越来越慢了。以前芝加哥是陪审员的天堂,没有之一。我最近想搬到西岸去。澄清一下,并不是因为我对那些案子有多具体的了解。"马丁先生闪耀着道德的光辉,"我从不看报,先生,我不带任何偏见。

"只是我近来觉得,凭着自己这样的经历和业绩,在西岸应该会有更多机会吧。"

First Scene —— American Dream

# 俏公子

这位打扮入时的俏公子在宾馆大厅里来回闲逛,他为自己的精致和讲究着迷,不时偷偷地瞄一眼刚刚修剪得整齐闪亮的指甲,并且想到头上威尔士王子牌的礼帽内沿那带褶皱的白色丝质衬里,还会充满敬畏地打个哆嗦。我一个多月前就开始注意到他,他常穿一双尖头纽扣鞋,西裤熨得笔直,时髦的紧身长外套上系着腰带,扎眼的大翻领夸张地支在肩膀上,像对驴耳朵。他那副沉浸的表情让人想到芭蕾舞演员或者干脆是梦游的人。他就那么站着,手套捏在手里,威尔士王子牌礼帽扣在油亮的头发上。

让我们仔细观察他。这不,他又摆出时尚杂志插画模特常见的姿势,也许他是从密歇根大街的高档俱乐部门口哪位先生那里学来的吧。他右手弯曲着,好像要把手抚在心口行鞠躬礼,左手松松地搭在体侧。本该并拢的双脚因为紧张而有点错开。他的头微微上扬,倾向左侧,跟香烟广告里的电影明星一个派头。

他就那样一动不动地站着,像极了霍尔斯特德街(Halsted Street)男士精品店里的蜡像。

一个月以来,我断断续续地观察他,却无法从他的脸上读出任何信息。他的眼睛没有情感的波纹,就那么干巴巴地出现在脸上。他个子小小的,鼻子尽管扑了粉但还是略微有层油光。颧骨高了点,嘴巴宽了些,下巴则过于圆。他那小眼睛闪烁着，使他看起来像是波西米亚或者波兰来的本分移民。邪恶的巫师摇身一变成为时尚先生，如同灰姑娘的故事有个略带伤感的结局。

虽然脸上面无表情，但这位俏公子仍给人一种压迫感。他僵硬的姿态，刻意保持的安静，以及那双随时盯着大厅人流的浑浊的小眼睛，都藏着某种潜台词。他为什么在这儿？他想干什么？为什么他每晚都出现在这里，注视着大厅来来往往的人？没人在餐厅或舞厅见过他，没人在剧院的休息室见过他，也没人跟他搭过话。他总是孤零零一个人，走过他身边，人们都忍不住投去好奇的目光，心里想："啊，一个城里的年轻人，这么挥霍时光真是不应该！"有时候人们注意到他甩着那细长的双腿熟练地潜进宾馆大厅的样子，不由得暗骂道："真是个无赖！打扮得衣冠楚楚，背地里尽干些见不得人的勾当！"

每晚 6 点以后直到午夜，他就在大厅晃进晃出，沿着兰道夫街（Randolph Street）转悠，在人流拥挤特别是女士们出没的地段亮出他的标准站姿。我观察了好久，他不与人交谈，也没人跟他打招呼。他一文不名，更糟的是，那些花枝招展的夫人太了解他。她们知道这位俏公子把口袋里那几枚铜板反复数了好几遍，把火车换乘票小心地留着下回用，从报纸上剪下各种优惠券以备不时之需。

她们完全靠第六感就摸透了他，这是一种神奇的对异性的直觉。她们能够感知到他白天在收银台或者问讯处工作，晚上回到脏乱的小单间睡觉；她们知道他没什么思想，肚子里也没几滴墨水。因此她们从不对他报以微笑。是的，就连理发店里做指甲的小妹都对他一脸嫌弃。他费尽心机想勾搭的女仆、女服务生和女清洁工们都对他的邀请毫无兴趣。

可他还是耐心地等待转机，真是锲而不舍。一个俗世小丑非要伪装成

## First Scene —— American Dream

围着灯火的闪亮飞蛾,也不全是吧,我们可能遗漏了什么。这位衣着夸张的小丑背后也许有一个支撑他的梦想,他渴望表达,但他无从表达,这更让他显得荒唐可笑。

做指甲的小妹听到我这么说一定嗤之以鼻。她们太了解他啦。"我这辈子遇到的白痴傻蛋不少,但他绝对名次靠前。老天明鉴,他就是个恶心的小骗子。这种人我见得多了。"

幸好我并不像指甲小妹那样了解他,因此在观察他的时候可以留有幻想空间。我看见他站在大厅柔和的灯光下,被来来往往的裘皮贵妇和正装绅士包围,看见他淹没于欢笑、追随、诱引和挑衅中,看见他周围浮动着一张张熟悉的面孔和一个个闪亮的名字。

他站得特别挺拔,右手弯曲着,好像要把手抚在心口行鞠躬礼,左手松松地搭在体侧。多么优雅。他从杂志模特那儿学过来,做得很像。这才是生活,真正的生活,灯光与欢笑,这里有荣耀,有时尚的发型,有名演员,有口袋里装满钱币的商人。他蒙古式的小眼睛沉静地眨巴着,这里有豪华的立柱、大理石墙面、精致的地毯以及奢华的家具。这里的空气中流动着音乐,人们吃饭的盘子边缘镀了金。

现在你大概会笑话我而不是他了,因为通过这些晚上对他时不时的观察,一个奇怪的假想攫住了我。我发现他的脸上融合了那么多种族的特征,蒙古人的眼睛、斯拉夫人的颧骨、意大利人的头发,这位俏公子大概是一位混血。他混杂着几个世纪的世界基因,他的父系和母系来自成百上千不同的国度,几个世纪以来,他们只有一个共同之处——为人奴仆。他

第一幕 —— 美国梦

们曾出现在加洛林[1]、德·美第奇[2]、瓦卢瓦[3]和罗马的法庭，从四面八方的乡村被赶到君王和领主们的城堡里，最终成了掌灯人、看门人、贴身男仆和浴室搓澡工。他们像一尊尊无生命的石像，在阴影中望着提贝里乌斯[4]皇帝的豪宴和历代王公贵胄的彻夜狂欢。

现在他们的曾曾孙就像他们当年一样地站着，仆役的幽灵流淌在他怠惰的血液里。他满足于在一旁静静观察心满意足的人们。那身略嫌夸张的行头只是伪装罢了，他想掩盖自己与那些掌灯看门人之间割不断的联系。于是，他尽力模仿那些上层人的特征——衣服、举止以及态度，他成功了，可以放心地沉浸在那种神秘的来自遥远血统的冲动中。

他在人群旁边摆定姿势，就像他的父辈们千百年来所习惯的那样，从阴影中望着这一片美轮美奂的贵族喧嚣。

---

1. 加洛林（Carolingiens）：加洛林王朝从公元751年开始统治法兰克王国。在王朝后期的鼎盛时期，加洛林家族在名义上复辟了罗马帝国。
2. 德·美第奇（Lorenzo de Medici, 1449—1492）：意大利政治家、外交家，文艺复兴时期佛罗伦萨的实际统治者。
3. 瓦卢瓦（Valois）：卡佩王朝的支系，继卡佩家族后继承法国王权，于1328年至1589年间统治法兰西。
4. 提贝里乌斯（Tiberius）：又称提比略一世，罗马帝国的第二任皇帝。

First Scene —— American Dream

# 修表匠

古斯塔夫的木质工作台上堆满了许多奇奇怪怪的小工具，弹簧、小齿轮、肉眼难以辨认的螺丝等等。古斯塔夫自己却是个粗眉大眼高鼻梁的大个子，站在北威尔士街（North Wells Street）修理铺的柜台后面的他看起来体型更大，而且与面前那堆弹簧、齿轮和小工具产生了鲜明的反差。

古斯塔夫右眼戴着一枚放大镜，用带子绑在他巨大的脑袋上。工作时，他把放大镜移到眼前；休息时，则把它移开顶在眉毛上。

古斯塔夫会制作手表。年轻时他就接过不少手表设计师的单子，但多年以来他仅仅是修手表而已。古斯塔夫的肩头垂下两根带子，下边挂着复古的皮围裙，这个看上去高大又似乎有点脆弱的巨人整日坐在这间老旧的店铺里，眯眼看着那些小小的机械体。古斯塔夫的伙伴负责打理店里日常事务。古斯塔夫的年纪越来越大，而他除了关注精细繁复的手表，别的丝毫不在意。

我在他那儿修过表，他说半小时就能好。古斯塔夫把放大镜推到眼前，弯下宽大的肩，细细观察，用粗壮的手指拨弄着什么。他手边的一对小镊子、微型螺丝刀和别的工具像是和他极不相称的玩具。

我跟他聊天，他一边工作，一边答上几句，但总是避免说太多。

"习惯之后就没那么难，"他说，"我已经习惯了。手表是我的朋友，我习惯研究它们，让它们重新转动起来。是的，我干这一行已经很多年了,很多很多年。

"不,我曾经是做手表的。很久以前,那时我结了婚,有孩子,从故乡到美国开始新生活。很快就攒下一些钱搬到芝加哥,买了房,不错的房子。

"我老婆在来美国以前是个舞蹈演员,也许你听过她的名字。这不要紧,总之,我在河岸边开了一家手表工厂,那是30年前的事了,当时我们还有自己的谷仓和马棚。

"可你知道,世事难料,没有什么东西能一直存在。不是吗?首先是我老婆。漂亮房子和孩子留不住她的心,她还是想跳舞,我当时年轻气盛,不准她再跳,于是她走了。留下两个孩子,年长的是儿子,小一点的是女儿。"

放大镜紧紧贴近那些无生命的弹簧、齿轮和螺丝,古斯塔夫的粗手指拨弄着一对小镊子。他继续用一种低沉的嗓音向我讲述:

"之后,生意越来越难做,最终我放弃了工厂,开始搞别的。而我的小女儿突然去世了,是啊,生活就是如此,重要的东西一个接一个失去,最后什么都不剩。

"我尝试过去找我老婆,但她一直躲着我,也许我那个时候太愣,年轻人嘛。如今都无所谓啦,她死了,我还活着,就算她一直跟在我身边也无法改变这最后的结局。所以,又有什么意义呢?

"那已是二十多年前的事,三十多年前吧,生活乱成一团,我的生意也跌到谷底。于是我儿子也跑了,去当了水手。我成了孤家寡人。

"这只表,"古斯塔夫叹道,"真是难修。有年头了,实在没必要留着。但我还是把它修好了。我们刚才聊到哪里?噢,我的生意。是的,是的,越来越糟。老婆和儿子杳无音讯,女儿不在人世,房子、马,所有的

## First Scene —— American Dream

一切都失去了。

"很快,我没有工作,身无分文。靠着打零工挣来的一点点钱整天混在小酒馆里。啊哈,我找到了,就是这根小弹簧。看见了吗?走起。这样的表现在大多都被淘汰,工厂也不再生产。再等一两分钟,它就又能嘀嗒嘀嗒转啦。我们刚才聊到哪儿啦?

"啊,是的,我是个整天喝酒的废人。事情的确如此,年轻的时候总是不如老来看得明白。当时我想过要自杀,特别是在一个人孤单的晚上。我的世界已被完全颠覆、完全摧毁,这样活着整日喝酒越来越废的日子有什么意义?

"是啊,的确如此。在我有钱、开心,工厂在、老婆孩子在,有房子有马的时候,我觉得这世界特别美好,而幸福是一件简单的事。接着,一切失去,我成了个彻头彻尾的大笨蛋,我又觉得这世界太可怕,而你完全无法想象自己能有多么不幸。

"那是10年前吧,我重操旧业,干起了跟手表有关的活儿。我从一个朋友那里接了修手表的生计,于是我又与手表在一起了,它们都是里边出了问题,手表里面的世界被颠覆了、打乱了,而我来修复它们。

"我不懂其中的道理,但修手表让我重获新生。我不再纠结于自己的困苦,不再怨天尤人。我的时间都用来调解这些小小的世界,让它们重新运转。正如你说的,这是个精细活儿,而我的手已经越来越不灵活。但我很喜欢这些小工具,还有表里的各种小零件,我喜欢看它们,拿着它们,把它们凑在一起。

"因为修手表是件简单的事,特别是当你熟悉了它们的运作方式和常见的问题之后,你会得心应手。世界上有太多坏掉的手表,外表光鲜,里面一团糟。我也不知道怎么说,总之,当我在放大镜下握着这些表,我便感到幸福。也许我总感觉自己也像一只坏掉的手表,会有人把我握在手中,拿出放大镜把我修好,让我能继续运转。也许就是这样吧。给,修好了。"

古斯塔夫把放大镜拨回眉毛上边,在柜台后边傻傻地笑了。

"戴上吧,"他说,"但得小心点。不在意,不留心,随便乱撞,表总是这样被搞坏的。"

First Scene ———— American Dream

# 不朽的杰作

"今天跟我去艺术馆吧,"马克斯·克拉姆对我说,"我的朋友博朗在开作品展。你知道博朗吗?喔,我认为他是当今世上最伟大的艺术家。不,我们走路去就可以,只有四五条街的距离,顺便我可以给你讲个故事。"

虽然天气很热,波尔米奇街(Boul Mich Pavement)的人行道像煎锅一样烫得鞋底滋滋响,但能听马克斯·克拉姆的故事的话,还是非常值得一去。长相酷似但丁的马克斯是国家首屈一指的钢琴教授,不仅如此,他还是芝加哥运动俱乐部的台球冠军、哈珀大街(Harper Avenue)最博学的瓷器收藏家,当然,他也是聚餐消遣时无人能敌的故事大王。

"我今天还得上 8 节课,"马克斯在路过芝加哥音乐学院的大门时愤愤地感叹,"但只要我的老伙计博朗开展览,我就一定去。"

"当年我们一起住在北大街(North Avenue)的一间工作室里。"马克斯说,"乔·德维森、沃尔特·古德贝克那群人也住在我们附近。可以告诉你,我们那时很穷,但我们很年轻,这弥补了很多东西。

"博朗和我住在一间小阁楼里,我弹钢琴他画画。在那时我就坚信,只要弗兰克·伯恩能撑下去,有朝一日一定会成为伟大的画家。但在当时看来,他饿死和成名的可能性相差无几。

"当然了,还有施耐德。打赌你一定没听过他的名字。不,他不是画家,也不会唱歌或者演奏。他是当时更重要的角色,北大街一间酒馆的老板。我不知道他现在在何处,但当时,每过两天我们就欠他一条命。

"博朗和我靠着施耐德的免费午餐撑了一整年。鲱鱼、腌黄瓜、黑面包、黑胡椒牛肉、火腿、洋葱、卷饼、烤牛肉,还有一大盘奶酪。差点儿忘了,还有一罐橄榄和一盘饼干。天啊,在施耐德店里简直是皇家待遇,你只需要花5美分买一杯啤酒,就能免费吃到饱。

"你一定很难想象这对当年的我们有多重要。那时候博朗和我常常一天就靠10美分过活。于是,中午我们跑去施耐德的店,伯恩会说:'你想喝一杯吗,马克斯?'我说:'不用了,弗兰克。'于是,我跟施耐德聊天,让博朗在一边狼吞虎咽。之后我们再交换角色。

"如此过了好久,好心的施耐德终于有一天忍不住找我们谈话。他说:'马克斯,弗兰克,我有话跟你们说。你们已经欠我3美元了,你们总来喝酒吃饭,甚至连啤酒钱都不给。对不起,不能再让你们赊账了。'

"博朗和我回家后感觉天都快塌了。不能再去施耐德那儿,没东西吃,最后只有一起饿死。

"'马克斯,我有个主意。'博朗说,他确实出了个好主意。

"所有好主意其实都并不复杂。博朗觉得我们必须使施耐德相信我们前途光明,才会恢复我们的信用。于是,博朗那几天窝在阁楼里整夜整夜地画画。最后画成的那幅油画,我想应该是他在那间工作室里完成的最后一幅。非常大,你知道博朗的风景画尺寸都不小。

"他画好以后我们抬着它去见施耐德。我告诉施耐德这是从我父亲在柏林的工作室寄过来的一幅画,是某位大师的作品。博朗请施耐德帮我们保管,说挂在阁楼里太不安全。施耐德看着这么大的一幅画,有点半信半疑。"

First Scene ---- American Dream

"于是,博朗和我去银行取出了我们以防万一存下的10美元,去城里给画上了个2000美元的保险。我们把保单拿给施耐德看,你可以想象他那震惊的表情,我们的信用又恢复了。鲱鱼、黑面包、烤牛肉、腌黄瓜、奶酪又见面了,继续吃。

"有了这幅画的施耐德骄傲得像只孔雀。每天我们到店里查看画是否安好的时候,施耐德都会跑到吧台后面,拿个掸子小心翼翼地拭去画上的灰尘,再心满意足地给自己倒上一杯。我们之后再也不用担心赊账的问题,好心的施耐德很荣幸能够拥有像我们这样尊贵的客人。

"这样的好景持续了几个月。有天晚上,博朗和我回家时看到有消防车经过,于是,我们跟随它来到火场。

"隔着几条街我们就看见着火的是施耐德的酒馆。弗兰克面色惨白,抓住我的手喃喃地说:'马克斯,我的画!被烧掉了!'

"我看着博朗,自己也颤抖起来。谁不会呢?那可是2000美元!博朗说:'马克斯,我们要环游世界。今天我看到一套西装和一根手杖,我一定要买!'

"但我们都说不出话,只是缓缓地走向酒馆。我们已经开始迈着富豪的步子,手挽手,神思都已遥寄他方。我们已经开始想该如何花这2000美元了,你懂的。"

"酒馆燃起了熊熊烈火,一切都卷在浓烟之中。我们彼此紧靠,乔·德维森跑过来,我们礼貌地跟他点点头。有了钱人就大不同了,你懂的。

"我们听到一声哭喊。在人群中,一个身影穿行前来,是施耐德。他跑进冒着火光的酒馆,一位消防员跟在他身后。博朗和我站在那儿面面相觑,他大概是进去找他的孩子吧,可是我数了数街边他的孩子们,一个不少。

"过了一会儿,施耐德和消防员走出来,他们一路抬着什么东西。博朗倚着饰品店的窗户倒下来,咕哝着。我闭上了眼睛。是的,正是那幅画。

"施耐德看见我们,赶忙跑过来。他半个身子都被烟火烫黑,但那幅画却完好无损。他把画递给我们。我把头扭向一边,不知该说什么好。

"'你们这么信任我,'施耐德说,'我幸好及时想起来这幅画。我虽然不是画家,但不能让一幅杰作就这么在我的酒馆里白白烧掉。还好我把它抢救出来啦,整个酒馆里就只救出这么一件东西。'他握住博朗的手,我只能说:'谢谢。'那天晚上,我弹了一整晚的贝多芬第九交响曲,那真是我和博朗当时心情的最佳写照。"

艺术馆里凉快不少,马克斯看着展览,一边回忆着当年往事,脸上挂着微笑。

"我本来可以激动地告诉你,这就是那幅施耐德抢救下来的画,作为这个故事的结尾。"他说着,指向了墙上一幅巨大的油画,"但事实并非如此,那幅画在我家里,现在还值不了 2000 美元,但再过几年,谁知道呢?也许我会有需要感谢施耐德的一天。"

第一幕 —— 美国梦

# 昨日辉煌

"别用我的真名,"他说,"我现在这境况只会让家里人蒙羞。"

五十,或许六十、七十——不太能看出来他的年纪,他打扮得像个乞丐,说起话来却像个文化人。生活的巨轮从他身上无情地碾过,口袋里没钱,肚子里没食物,心里也装不下希望。他在找工作,写作方面的。他双手颤抖,面容有些扭曲,他的字句中隐约透着绝望。饥饿压垮了他的身体,使他的眼中透出一种不体面的焦渴,然而,他说话却非常温和。他把那副有裂痕的夹鼻眼镜摘下来用拇指和食指捏住,姿势文雅。他陷在饥饿、污浊和无助之中,衣服破了,鞋子裂了,腐朽的身体之下却仍存有完好无损的东西。没有未来,至少还有过去可以依靠。

他想找工作,具体做什么说不上来,但他笔头还不错。这位世界主义者行迹遍布四方,做过报社记者,给杂志写过专栏,还能作几句打油诗。他努力打起精神来,从他眼里能看出他想尽力忘记腹中的饥饿感。

他以十分典型的回忆过去的口吻说:"以前哪,我跟杰克·伦敦[1]聊过天。亲爱的杰克!伟大的作家,才华横溢,当时我们都在墨西哥湾。是

---

1. 杰克·伦敦(Jack London, 1876—1916):20 世纪美国著名现实主义作家,代表作有《野性的呼唤》等。

First Scene —— American Dream

的,那时候的世界很不同,博学的人还很受尊重。我曾经是'水牛比尔'[2]的首任出版经纪人,还为马戏团老板巴纳姆[3]的畸形秀做过宣传。

"你不觉得这世界变了吗?"他问,"我跟乔治·艾迪[4]也讲过一样的话,他跟我是老朋友。你说谁?《太阳报》[5]的迪克·戴维斯?当然了,很棒的小伙子。斯蒂芬·克莱恩?他真是个天才,我的朋友。那时候欧·亨利[6]还在纽约,我们有一大帮人,常常聚在酒馆里聊天。唉,那时候的话题可离不开人生和文学。"

听他的声音就像是一个时常会忆起往事的人,他的眼睛继续焦渴地闪烁着,每说几句话就停顿一下,那停顿像是一种质询。

"前两天晚上发生了件相当有趣的事。"他笑了,"我写了一首诗给餐厅服务员抵我的餐费。一个文学爱好者的小癖好阻止了难堪的悲剧发生。你知道,现在就业越来越难,我都快穷得没衣服穿了。"他用自嘲的眼神扫了一眼自己破破烂烂的装束,颤巍巍地把手放在颈子上,"领口都腻住了,昨晚上手杖也不见了。"他面带歉意地微笑着,小声说。

饥饿与绝望终于冲破了他行为上的克制力,他需要工作、工作、工作!只有工作才能带来食物和住所。他试图把那破损的夹鼻眼镜戴回去。

"请您包涵我的失礼,我多想跟您坐下来一起聊聊人生和文学。我写

---

2. "水牛比尔"("Buffalo Bill", 1846—1917):南北战争时期的军人、陆军侦察队队长、美洲野牛猎手和马戏表演者。美国西部开拓时期最具传奇色彩的人物之一,有"白人西部经验的万花筒"之称,其组织的牛仔主题的表演也非常有名。
3. 巴纳姆(P.T. Barnum, 1810—1891):美国著名马戏团经纪人。1871年建立世界大马戏团,他把他的马戏团称作"世界上最棒的表演",其中充满了各种令人不可思议的神奇展品。
4. 乔治·艾迪(George Ade, 1866—1944),美国作家、专栏作者、剧作家。
5.《太阳报》(The Sun):美国第一份商业报纸,也是第一份"便士报",1833年至1950年间发行。
6. 欧·亨利(O. Henry, 1862—1910):美国著名短篇小说家。

过不少东西,也赚到过一点钱。曾几何时——"他的眼中闪出一丝痛苦的神色,这行为与他端庄的言谈确实不太相称。

"我曾经认识很多人,其实不太想提那么多名人惹您厌烦。我只是想说,我曾经也算个人物。虽然不是什么顶尖角色,我不太爱出风头,你能理解吧。"又是一个扭曲的微笑,"然而,事到如今,也只有收起那些骄傲和架子了。老话说得没错,虎落平阳被犬欺,就是我的写照。咱们继续说,我曾经有不少钱,周游过世界,跟不少那个时代的天才有过交流。我年轻时真是见过大世面,也许咱们可以共进晚餐,好好聊聊那些旧时的人和事,你应该会感兴趣。都是一群杰出的人,有欧·亨利、杰克·伦敦、戴维斯、菲利普斯以及斯蒂芬·克莱恩。我其实不想这么自吹自擂,但我猜您是那种对美好的事物、对丰富多彩的存在心存敬意之人,否则我一定会闭嘴。"

夹鼻眼镜又回到原处,他停了一小会儿。绝望与饥饿已经完全征服了他,越来越贴近他的言辞。他绝不能让它们得逞,这种举止上的优雅是他最后的阵地,散发着迷人光晕的旧日辉煌在他身上打下的最后烙印。由此,他可以穿着破衣烂衫却仿佛身着洁白的亚麻衬衫在沙龙上高谈阔论,他可以彬彬有礼地摘下眼镜,仿佛要跟拿着一瓶伊甘葡萄酒[7]走过的戴维斯打招呼。

他继续沉默着。眼睛和面孔的抽搐会出卖自己,而言辞不会,他的每句话都浸染过恰如其分、小心雕琢的绅士风度。他又开始说:

"这么说,您也没有职位介绍给我。啊,这真是,真是很遗憾呢。请

---

7. 伊甘葡萄酒:世界第一贵腐酒,产地伊甘庄园(Chateau d'Yquem)坐落于法国波尔多的苏玳产区。

再容我讲几句。我不是故意要显摆,能请您坐下来吗?这样我比较不容易紧张。谢谢您,先生。也许还有别的工作,剧场、报纸、办公室、杂志、马戏团、酒店相关的都可以,我都能干,请您帮我留意一下。谢谢您,先生。遇到您这样对文字工作者有感情的文化人非常荣幸。啊,您会喜欢杰克·伦敦的,您认识他吗?毕竟我们生活在一个爵士时代。是的,先生,节奏很快。生活不再舒缓自如,物质占据上风,精神被赶到一边。机器在朝我们轰鸣,不再有过去的宁静。"

雪茄店外很冷,这个活在旧日辉煌中的男人慢慢走出门去。他微笑地站在窗外,得体地轻轻点头告别,眼中流出优雅的善意。那一瞬间,我觉得他像一位饱经沧桑的绅士在向自己钟爱的世界做最后的致礼。之后,他转身而去,只留下一个五十,或者六十、七十光景的男人,身体蜷缩,肩膀颤抖着,疲倦地消失在街的尽头。

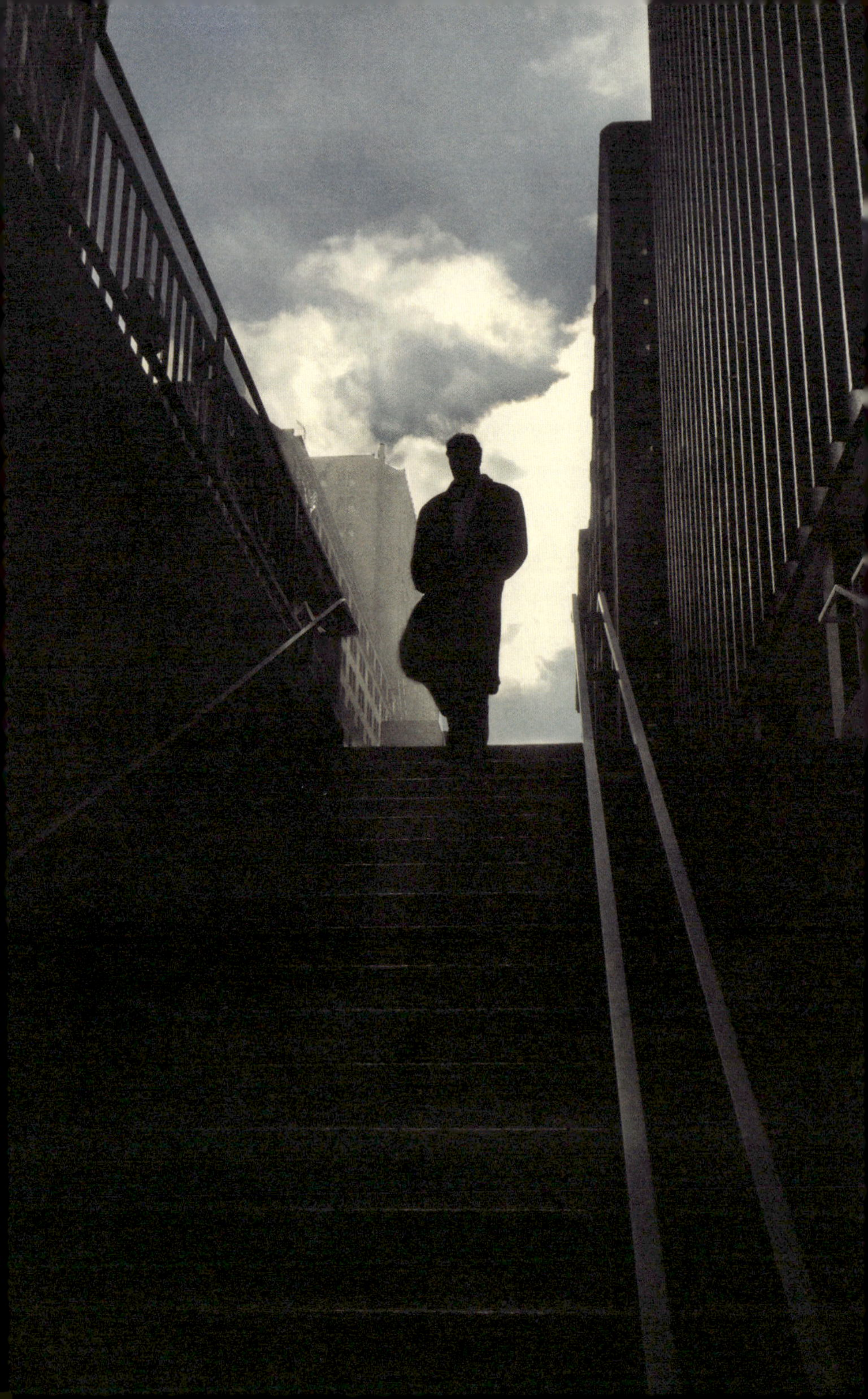

First Scene —— American Dream

## 潦倒上尉的雄心

For they'er hangin' Danny Deever—
他们正要绞死丹尼·迪瓦……[1]

英国陆军上尉麦克维的声音隐隐约约从金融街北边他的住处中传出来。这位孔武有力的上尉此刻却裹在一条破破烂烂的浴袍里，只穿着内裤、袜子和一只拖鞋。他用手指触了触熨斗底部，小心翼翼地把它伸向前面熨板上搁着的一条裤腿。

他又开始念诵：

For they'er hangin' Danny Deever;
You can hear the death march play,
And they'er ta ta ta da
They'er taking him away,
Ta da ta ta—a
他们正要绞死丹尼·迪瓦，

---

[1] 出自英国作家、诗人吉卜林的诗作《丹尼·迪瓦》(Danny Deever)。这是一首有着歌剧场景的作品，描述了一个犯了错误的士兵面临行刑的可怕场面。

第一幕 —— 美国梦

> 你听，死刑执行队的脚步近了，
> 嗒，嗒，嗒，哒
> 他们要收割他的灵魂，
> 哒，嗒，嗒，嗒

麦克维上尉破产了。"世间的荣耀就此消失。"或者如同诗里写的："詹姆希德曾经豪饮过甘酿，享受过无上荣光的地方，如今已成了狮子和蜥蜴的庭院。"上尉彻底完了。"濒死的埃及，她深红色的生命之潮正在退去。"上尉被生活压成了一张玉米饼。

"再见了，我的风铃草，再见了。"上尉一边恭谨地熨着他华丽军装的裤腿，一边吟唱。非洲的煤矿爆炸，另外两个合伙人吞了子弹，最后一笔汇款已经花光。房租费、俱乐部赊账、杂物账单、裁缝账单还有赌账都摆在那儿。"噢，英国人绝不做奴隶。"我们无畏的上尉唱道。在南非打过阿非利坎人[2]、蹚过伊洛瓦底江[3]、追过野蛮人，两年前宴会上 B 夫人怎么说来着？啊，对了，敬我们英国的塔尔塔兰，麦克维上尉。这该死的塔尔塔兰是谁？

都不重要了。"长长的路，弯弯曲曲到尽头，嗒，嗒，嗒，哒。"麦克维上尉唱着，开始熨另一边的裤腿。天哪，这是什么鬼日子！身上一个子儿都没有。"蒙着我的眼睛杀死我，我的妻子正在分娩，我是个将要死去的父亲。"他继续唱，"他们正要绞死丹尼·迪瓦，你听，死刑执行队的脚步近了……"

---

2. 阿非利坎人：旧称布尔人，为非洲南部荷兰移民的后裔。
3. 伊洛瓦底江（Ayeyarwady River）：缅甸第一大河。

First Scene —— American Dream

最后只剩下它，静静躺在熨衣板上，像是在桥上孤身抵抗大军的贺雷修斯[4]。一切都没了，只剩它，甚至连衬衣和衬裤都没有。在这结束时刻，只有这件华丽的军装帮上尉维持了尊严。

"夜晚的阴影迅速落向，阿尔卑斯山的村庄。"——天哪，这生活多么原始啊，连澳大利亚树丛间的土著还不如，竟然要靠看太阳来判断时间。大概快6点了吧，上尉心想。

只有想象依然美好。"梅布尔，我的小梅布尔，坐在窗边望着雨。"英国陆军上尉麦克维，如今成了金融街的囚徒。没衣服穿，吃的只剩桌上的半份鱼汤。他只能坐着等待夜晚降临，等到他能再戴起领结，穿上华美礼服的时候。于是，把胡须理得整整齐齐，下巴微微露出粉色，甩起黑檀木做的手杖，剪裁合身的军服尽显风度，朝着英国官员俱乐部进发吧！

一整天，我们英勇的上尉都缩在房间里，就像伤了脚踝的阿喀琉斯。夜晚终于到来了，温柔的阴影降临人间，情绪高涨起来！如同一朵刚刚绽放的百合，这位芝加哥金融街的骑士，伟大英王的仆人，又重新焕发了光彩。房东夫人已经对这件军装以及上尉那低沉的男中音和英气十足的粉色面庞都失去了敬畏，催房租已经成了日常事务。相比之下，还是俱乐部宽容得多。

"我手下的一个士兵死在了阿尔及尔。"上尉终于又挺着肩膀回到了上层世界。在俱乐部吃上一餐，简直是让胃瞬间温暖起来的恢复咒！自从上次在俱乐部吃饭之后，就没正经吃一顿。上帝保佑俱乐部！

"找工作？"上尉把一位俱乐部成员给他的建议又重复了一遍，"我

---

4. 贺雷修斯（Horatius）：一位古罗马军官。在罗马生死存亡的关头，他让同伴斩断木桥，独自挡在桥头，用生命保卫罗马。最后身着沉重的铠甲坠入河中，游回岸边。

也想，但是现在工作都被鬼占了，况且我怎么可能穿着军装四处找工作去？我块头这么大，连套西装都借不到，而且因为没钱结账，我至少上了 12 个裁缝的黑名单，信用也崩溃了。巴瑞，老伙计，再请我喝一杯怎么样？"

"我倒有个适合的工作介绍给你，正好可以穿着你的军装。"他的朋友巴瑞说，"只要你不介意上夜班。"

"完全不介意。"麦克维上尉几乎是在吼。

"好吧。城里有个马戏团，他们准备招人在战车比赛里开二轮战车。那只是个小马戏团，就 3 台战车。每天工资 10 美元，如果你比赛赢了可以拿到额外的 25 美元。他们会给你一件罩袍，套在军服外面，还会给你一条丝带绑在头上。就这样。"

"太棒了！"上尉喊道，"这个融合了技巧和胆识的工作在哪儿？我这就去，我会驾着战车飞起来！"

麦克维上尉得到了这份工作，他赢得了第一场比赛。穿着宽松的罩袍、头上系着丝带的麦克维上尉驾着战车，他在最后一圈发起冲刺，化身为狂暴的战士，四匹小马被鞭子抽成了一股惊恐的旋风。最后一圈下来，他领先第二名两个多身位，拿到了属于他的 25 枚亮闪闪的钱币。

那天晚上，麦克维在俱乐部请客，在苏格兰祝酒词的催化下，25 美元不久便愉快地消失得无影无踪。当曙光女神玫瑰色的手指触到城市的窗口时，上尉已经开心地醉倒了。

啊，真是罪恶的 25 美元！因为它们，第二天上尉登上战车的时候感觉糟透了。他脑子里像装着个蜂巢似的嗡嗡响，空气里似乎充满了巨大的旋涡乱流。上下颠簸的战车弄得上尉几乎站不住脚，突然，随着一声惊叫，他被抛向了空中。战车和我们的英国英雄被撞出了边线。

First Scene —— American Dream

上尉的朋友向我们讲述了后来发生的故事:"马戏团的人叫来救护车把他送到医院,脱掉他的罩袍,所有人都傻了眼。我们的朋友当然还穿着他的军服,于是,医院给他安排了最贵的套间、最漂亮的护士和最好的医生。他就这样被照顾了两星期,我们给他打过电话,还送了花,他现在绝对身在天堂。

"医院的负责人在他身上没找到任何身份证明,除了这件衣服。有个护士见他的军服因为事故扯破了一点儿,问他准备怎么办,麦克维摆摆手说:'把这破玩意儿扔到窗外去,或者送给清洁工都行。'护士照他说的做了。这事是不是很有趣?"

"那最后怎么样了呢?医院发现他付不起账单之后怎么办?他现在在哪儿?"

"这种事,结局只能你自己想象啦。我只知道过了很久,在我都快要忘记麦克维的时候,我收到他从伦敦寄来的一封信。这封神秘的信是用某位夫人的信笺写的:'所有繁华都是过眼烟云。谢谢你送的花,我的朋友。为大英帝国三呼万岁。'"

# 美甲师的男人论

今天,让我们走进城市的底层,去听听美甲师的故事。

皮薇长着一头红棕色的头发,像是美丽的爱神诱惑了千千万万的指甲们匍匐在她面前,她口红匣子里藏的秘密故事终于被摊到读者面前。

朱红的嘴唇,小而亮的鸽子眼,我们的皮薇是一位动人的姑娘,她在交易所旅馆附近的理发店做美甲。她指尖的轻触似冰凉的雪片,娇嫩的容颜瞒过了无数双眼,只道是妙龄少女。

店里还有其他人,理发的莎乐美,修指甲的德莱耶,论起美发的微妙技术,弗洛·西格菲尔德先生肯定比不上首席理发师乔治,不过这时候大家都忙着。染发的唐、杂工罗密欧正在给一个姑娘做大改造。只有皮薇闲着,于是我赶紧找她挖挖八卦宝藏。

"嗯,我给你讲讲男人吧。当然我说的不是所有男人,任何判断大概都有例外,也许吧,我希望有。如果所有男人都一样,会让人很伤感。"

坐好了,先生们。皮薇洋娃娃一般的脸庞卸下了伪装,挂上某种嘲弄和仇视的神色。

"实话告诉你,男人?都一样。"她不屑地说,"不用知道他们在妻子、牧师或者妈妈们的眼里怎么样,在我这里他们都不值一提。无论老的少的,甚至有的已经老到要跟小孙子一样天天喝牛奶,他们到这儿来,都打着一样的鬼主意。

"全是些低贱的货色。是的,先生,当然其中又有些比其他人更低贱些。有个梳油头的小混混,我想可以颁给他一等奖。其他人也可以对号入座,逐一点评。

"你看,他们到这儿来,把手伸给你,你开始认真干活。突然,他们心思就不在指甲上了!他们成了刚来城里的新人,特别孤独。我的上帝,到底有多孤独啊!他们没地方可去。这是普遍的开场白,接下来会捏捏你的手,用充满渴望的眼神盯着你。

"不得不说这很烦人,你能体会吧,特别是在跟我一样被迫跟他们聊完,发现所有人的名字都差不多的时候——他们连名字都舍不得花功夫想。有时候我会一脸天真地望着他们,假装不明所以;有时候我心情不太好,就会直接让他们冷场。要么陪着玩一玩,要么放一边。

"说起来你可能不信,这些大骗子,他们可有钱了。年轻的一般是证券交易员,等着继承大笔遗产;中年的很多开着大工厂;老的不乏退了休的银行家。你真该看看他们勾搭人时那吝啬的德性。"

皮薇给一个客人上好发蜡,105华氏度,她朱红的嘴唇也顺带染上一丝轻蔑。理发店的光线冷冷的,却点亮了她俊美的双眸。

"是的,是的,我也会吊着他们,"她继续说,"一直搞到结账。10美元对于这些来美甲的百万富翁可算不了什么,对不起,我并非出于私人恩怨,只是对我来说,他们就是一群又自私又吝啬的色狼,口袋里装着鱼钩,你可甭想从那儿捞到什么好处。

"还是继续说。先是在你手上大大地捏上一把,接下来表明自己刚来芝加哥,之后就发出'诚挚'的邀请,类似'愿意做我的向导吗?'或者'你是我见过的最美丽的姑娘',如果早点遇到你,他们就不会独自住在旅馆里,过没有朋友的单身汉生活了。忘了告诉你,他们都是单身。当

第一幕　——　美国梦

然，通通没结婚。连那些一眼就能看出来结婚起码 20 年的驼背老汉也声称自己'在物色合适人选'。我看见有的人悄悄摘下结婚戒指，免得露出破绽。

"等到这出戏愈演愈烈，他们觉得你上了钩，就开始敞开聊人生，跟你说像你这样貌美如花的女孩不应该在理发店工作，这环境根本没法待，他们要帮你忙，救你出火坑。是的，这时候他们会端出罗马或者西班牙的城堡来诱惑你。真他妈贱，连去 5 美分商店买个小礼物的心都没有！

"有时候你也可以通过引出他们的羞耻心来获点小利，但通常要费很多功夫。噢，他们也给小费，一般 50 美分，也有给两美元的。他们觉得自己收买了你，是的，仅用两美元。

"我说过，梳油头的小子是最糟糕的。他们称自己为'悠闲的猎犬'，每个人都认识，兜里偶尔能装个 6 块 5 分钱。如果你晚上跟人逛街被他们撞上了，第二天，准会跳到你面前说：'哎唷，皮薇，昨天跟你散步的那个扫大街的小子是谁？不是扫大街的吗？好吧，我敢打包票，那怂样不是扫大街的就是水管工！'

"他们就这操行，一遍一遍地来，从不放弃。有时候来花个 1 块 5，就感觉自己是大老板。要是店里来了新小妹，那还不炸了锅！6 个月之前我刚到，他们就围着我嗡嗡转。不过，老娘可不是刚吃这碗饭的，我在印第安纳波利斯[1]时就做美甲，那些登徒子也跟芝加哥的一个样。

"我用不着提具体的名字，这么说吧，你把电话本从 A 到 Z 翻下去，完全不用跳过。这样你才能对这些特别的绅士有所了解。"

皮薇叹息了一声，摇摇头。

---

1. 印第安纳波利斯（Indianapolis）：美国印第安纳州首府。

"你在忙吗?"首席美甲师问。

"没有,没有。"

作为记者,我问了最后一个问题。皮薇如此答道:

"也许我会结婚,也许吧。等找到这些男人中的例外——既不是外地人,又不需要导游——我会告诉你的。他们总归藏在某个地方,除非都在战场上死光了。"

第一幕 —— 美国梦

# 贝丝女王的宴会

伊丽莎白·温斯洛死了,她曾经是个风流的矮胖女人,连警察都知道她的诨名"贝丝女王"。验尸报告上显示,贝丝女王猝死于瓦巴什大街(Wabash Avenue)的出租屋里,享年 70 岁。

25 年前,为了顺应当时的享乐风潮,贝丝女王租下房子开了酒馆。然而,这位体型庞大的拉伯雷[1]式女主人公却在某些方面赢得了美名,让她从那群残酷贪婪的同辈中脱颖而出。

警察们都叫她"没心眼儿的贝丝",她的员工则叫她"皇后",而在客人们面前她总是贝丝女王。贝丝女王一直是这片区的八卦中心,关于她的黑色预言层出不穷。因为她不存钱,贝丝女王从来不存钱。总有一天她会明白这意味着什么。要是贝丝女王当时把 5000 美元用来好好理财,那她在晚年一定坐着 6 匹马拉的、配上两名黄蓝制服骑手的高级马车,手底下的酒馆姑娘们也穿金戴银,一路雄赳赳地走过华盛顿公园——那样的老年生活该多阔气!

可贝丝女王做了她自己的选择,她把从城里赚来的钱又抛还给城里的人。她满嘴粗话,大声叫,使劲笑,她是一位心宽体胖的感性人物,一

---

[1] 拉伯雷(François Rabelais,约 1494—1553):文艺复兴时期法国著名人文主义作家,代表作有《巨人传》,擅长讽刺刻画。

## First Scene —— American Dream

个乐善好施的丑角，小题大做的爱神阿佛洛狄忒。有好多关于她的传言流传坊间，而在我读她的验尸报告时，某一个特别的故事跳进我脑中。也许是我自作多情，要是写得过于伤感，我害怕贝丝女王会从她的坟墓里坐起来，拿刀光一样尖锐的眼神盯着我，用尽她毕生所学的脏字骂得我狗血淋头。

然而，为了纪念12年前的圣诞节早晨贝丝女王送给我室友的王尔德全集，也为了纪念这位伟大女性发明的六字真言，这个特别的故事我还是要讲。贝丝女王在九泉之下请多包涵，至少我说的都是实话。

那是多年前的感恩节，我和室友奈德闷闷不乐地仰望着城市黢黑的屋顶。

"我收到一份邀请，请我们俩去参加感恩节晚宴。"奈德说，"我不太确定该不该去。"

我问他是谁送来的邀请。

"一定会让你印象深刻，"奈德不怀好意地笑了，"请柬在这儿，我读给你听。"他拿起一张白色卡片读道："很荣幸地邀请您参加贝丝女王府上举行的感恩节晚宴——瓦巴什大街，3点整，您可以携一位绅士出席。"

"为什么不去？"我问。

奈德笑道："我骨子里算是新英格兰人，感恩节对我意义非凡，特别是孤身一人在这个伟大又邪恶的城市里。我认识的一些朋友跟我说起过贝丝女王的晚宴，似乎她每年感恩节都会举办，成了一项传统。但我不太清楚她都请了些什么人，搞不好是邪教组织搞黑弥撒的幌子呢！"

2点钟，我们出了门，直奔贝丝女王家而去。

一间宽敞的装饰华丽的大厅，原本应该是舞厅或是会客厅，被改成了晚宴厅。奈德和我到得有些早，另外有六七位男士也到了，他们十分随便

第一幕 —— 美国梦

## First Scene —— American Dream

地四处站着,一边欣赏墙上挂的五颜六色的画,好像是在博物馆里观赏提香的作品。奈德对这片比较熟,他指着其中两位男士告诉我,一个是商店经理,一个是密歇根大街俱乐部的桌球冠军。

渐渐地,屋子里人多了起来。又有十多位男士先后到达,都是像我们一样接到邀请而来。黑皮肤的女佣莎莉招呼我们入座,于是20多位男士围着长长的宴会桌坐下。这时进来一位钢琴家,我看像是舒尔茨教授,他常在这片的舞厅弹琴。舒尔茨穿着崭新的燕尾服和漆皮鞋,在象牙色的钢琴边上坐下来,稍稍停顿了一会儿,熟悉的乐曲便从他指尖淌出,是《故乡,美丽的故乡》(Home, Sweet Home)。

随着钢琴弹出第一个音符,远远的宴会厅的内门打开了,我们的贝丝女王缓步出现,她身后跟着十多个手底下卖酒的姑娘。贝丝女王穿着一身黑,满头银发盘成医院监查官的样式。她身后的女孩们都穿着简单的日间罩袍,不擦腮红也不戴珠串。随着《故乡,美丽的故乡》的乐曲,贝丝女王和她的随从们沿着长长的宴会厅庄严地走来,也在桌边就座。

我记得在那群美丽的随从施展她们的魔力之前,贝丝女王讲了一席话。她在主座上站起来,白发下的面容闪着红润的光芒,那对黑眼珠锁住了所有人的注意力。

"你们都知道我是谁,真讨厌,我知道自己名声在外。你们都知道。但我邀请各位来参加这个讨厌的宴会是希望大家忘掉我的名声,让我开心开心。希望各位尽情享用,尽情吃喝,尽情笑,好好感恩,别搞出什么讨厌的幺蛾子。希望你们今天把这里当自己家,我想诸位可能也没有自个儿的家,那就好好地珍惜贝丝女王的招待吧。"

她又总结道:"先生们,如果你们忘不掉,也不是你们的过错。我不会因为哪个讨厌的家伙忘不掉,就把他撵出去呀!但如果你们肯放下执念,如果你们能在这个下午尽情享受,真讨厌哪,愿上帝垂爱——"

贝丝女王坐下来,我们吃喝唱笑,一直闹到晚上7点。但我记得二十多个男人并没有谁出言不逊,没有说过一句在自己家里被认为放荡的话,假设他们有个家。除了贝丝女王,没人喝醉。是的,女王大人穿着黑裙,醉得不省人事,像当兵的那样满口脏话,像疯孩子一般笑个不停。宴会结束后,贝丝女王站到门口,一边目送我们离开,一边与每个人握手,大家向她致谢。她站着,勉强靠在墙边,一边握手,一边对每个人说:

"愿上帝垂爱,你给这么让人讨厌的老贝丝带来欢乐,上帝会垂爱你的。"

First Scene ———— American Dream

# 势利小人

我和她碰巧上了同一辆公交车。窗外飘着小雨,她脸色苍白地坐在那里,目光呆滞的小眼睛看着掠过的街景。棉外套的领口有些发皱,鞋尖也像滑稽的波斯拖鞋一般蜷起来,显得有点过时。她双手放在膝上,那些躺在腿间的指头看上去粗笨发红,似乎在疲倦地呻吟:"我们劳动过。"

看样子她今天休息,暂时逃开了主人的奴役。她20岁左右,跟沾满泥巴的栅栏一样平凡,又土又蠢。她一直看着窗外,眼睛在雨中眨巴着。她应该是欧洲东南部的农民,一双被田野洗礼过的手如今又在大洋彼岸的美国缝衣煮饭。今天她休息,正坐公车往乡下走。

也许她会下车,赤脚踩过湿润的草地,沿着泥泞的小路前行,再一次拥抱绿树和田野的芬芳。这只是一种浪漫的猜测。车继续颠簸,一路向西;雨也继续洒落,在车窗上留下倾斜的痕迹。

到终点站时,其他人都纷纷下了车。因为这位仆役少女,我坐过了好多站。我们聊了一会儿,或者至少是我跟她说了几句,她听着,笨笨的脸上嘴巴张得老大,小眼睛眨巴着。她有酒窝,但皮肤很粗糙,看起来一脸苦难相。

我感觉到她心里怀着某种期待。她今天休息,可以抛开让自己满头大汗的劳动。她选择坐车来到乡下。在这平凡笨拙的外表之下,欲望的翅膀隐隐展开。这位红脸女仆心中,某种记忆在复苏,她还有梦。

## 第一幕 —— 美国梦

　　雨丝在空中轻柔地掠过，城市已经离我们远去。一条曲折的小径把我们带到了一片森林或者一片看起来像森林的地方。没有房子，天空肆意伸展。我抬起头，旁边步伐迟缓的女仆眼睛却并未离开脚下的路，她被雨水润湿的衣服显得生动起来。我突然如梦初醒：在这里，天空是她的仆从。因为对你来说，它象征着逝去的梦想或是田野里的美好时光，因此，它才显得浪漫。而于我，这只是一片天空而已，我对它毫无兴趣。因为你，我才观赏它，是你赋予了它浪漫之美。

　　而她那双浪漫的眼睛并没有注意到这一切，仍只盯着雨水冲刷过的路面。好吧，我想她心中有另一片更美好的天空，头顶上这片不过是附属罢了。我们继续向前走。

　　到底是我弄错了。吸引这位女仆脚步的并非大自然，她也不是灰姑娘辛德瑞拉。是悲伤，隐藏在心底的悲伤，召唤她来到此地。这里是一片墓园。

　　雨一直下，墓园寂静。白色的大理石墓碑闪耀着光芒，它们像一群乞讨者矗立在小径两旁。粗笨的女仆走到一块墓碑跟前，六尺之下躺着的那个人应该永远活在她的心中。

　　我想她会跪在打湿的草地上，苍白的脸和迟钝的小眼睛都透出忧伤。风雨、树木、白色的墓碑，棉衣、旧鞋子和傻里傻气的帽子，她像个穿着滑稽的小丑，向这片毫无怜悯的静默献出眼泪。

　　"你喜欢它们吗？"她指着墓碑顶上花哨的石刻雕像问我。

　　"你呢？"我没直接回答。

　　她笑着说："我当然喜欢。"她说着，停住脚步，欣赏起来。过了一会儿，我们又继续走。

　　真不敢相信，这个粗笨的姑娘在休息日来到墓地，只是为了欣赏墓碑。其中有着某种辛酸的戏剧性，希望她没有什么精神障碍，只是某种绝望的自我排遣的仪式。笨拙的女仆坐在雨水洗过的长凳上，幻想着美丽的墓碑，就像别的少女幻想着时髦的裙子。

终于，我和她交谈起来。她确实认为这些墓碑非常美。生活单调乏味，她工作的地方像个烤箱，没有任何美的或是使人振奋的东西。衣服一旦穿上身就显得蠢笨，出门去惹得男孩们笑骂。于是，这个被驱逐者常常把她美好的休息日消耗在这里，至少这眼前的美此刻属于她。她知道自己死后也有墓碑，可能也会刻上精美的石像，但那时她已经无法欣赏。在活着的当下，她可以一边看，一边在心里赞叹这墓碑之美。一切梦想都遵循这样的法则。

我和她更亲近了一些，我会问她最喜欢哪种款式的墓碑，是否会选它做自己死后的守卫。她挑出了一些。雨仍在下，疾风吹落树叶上的雨水，洒向成片的墓碑。

"你看这个。"她说，一边从棉衣包里拿出一张纸。我抚开这张皱成一团的纸，读到这些：

"如有意外发生，请通知喜来登路（Sheridan Road）的波布利小姐将遗体送往死者父母在威斯康星州科利斯的住所。他们在科利斯定居超过20年，死者系其独生女克拉拉，现年19岁，毕业于科利斯公共学校，后前往芝加哥就业。依据死者意愿，葬礼应在父母家中举行，请广邀亲朋……"

"我写了很多，"克拉拉眨着眼说，"你还想读吗？问我为什么写？噢，因为你不知道自己什么时候也许会出事，被车撞死什么的。如果没有这些讣告，谁知道你是谁，干过什么事呢？"

她粗笨发红的手因为激动而微微颤抖，她从口袋、笔记本、帽檐下甚至胸垫后面掏出了更多。我都读了，都差不多，措辞浮夸。我们坐在雨中，我心里想："天啊，克拉拉是个势利小人。她给自己写讣告。活着的时候她是被男孩们嘲笑的女仆克拉拉，而死后，却成为了一具要求万众瞩目的尸体。她记下富人讣告中的词句，把它们通通用在自己的讣告中，这种被压抑的虚荣的确存在于她身上。"

克拉拉的帽子沾了雨水拧巴着，她拖着粗鄙的身子踏上来时的小路。短暂的自由结束了，辛德瑞拉又要回到她死灰一般的生活中去。

First Scene —— American Dream

# 乡村爱情故事

一群歌剧演员在酒店厅堂的卡座喝下午茶。他们从玲珑小巧的茶杯里呷上口茶，再咬上一小口蛋糕，便到了聊聊爱情故事的好时候。

"离开她的那段时间，我简直痛不欲生。"某位先生一直在重申，生怕大家听不明白。而有位太太说自己"连他的手都不敢握，太尴尬了"。

大家都争着分享自己的恋爱史，其中一位女主角却心情忧郁起来。她衣着华丽，应该超过 35 岁，深色头发，大眼睛，举止袅娜，有种妖娆神韵。她的美丽是外放的，轮廓、肤色和身段都极出挑，似乎天生就是要上舞台的。若从观众席上远远看她，沐浴在舞台柔光中倒有几分凄婉气质；而跟她坐在一起喝茶时，倒是能发现她洛可可式的华丽精美，仿佛传说中的女妖塞壬[1]。

一位男中音靠过来，油腔滑调地问：

"你怎么了，宝贝儿，有什么心事跟大伙儿说说？"

"可能太多，说不完。"弦乐团的一个人打趣道。

女主角微微一笑，她说："噢，我也可以学你们讲个精彩的故事，事实上，我正好想到一个呢。你们知道，我上个月去回了趟艾奥瓦州，回去

---

1. 塞壬（Siren）：希腊神话中人首鸟身（或鸟首人身、甚至与人鱼相近）的女怪物，又被称为海妖。塞壬经常降落在海中礁石或船舶之上，用歌喉迷惑过往的水手，使他们走神，船因此触礁沉没。

看了看我出生并且一直待到 19 岁的小村镇。很有趣。"

她依然用忧伤的神色望向窗外一片清冷的秋日天空，那里只有城市坚硬耸立的屋脊。

"快讲讲。"今天做东的太太声音提高了好几个分贝，又拿出社交场合优秀女主人的架势来撩拨客人们的兴趣，"玛格轻易不开口，她要讲自己的故事一定十分精彩。别卖关子了，玛格。"玛格便是这位歌剧女主角的名字。

她笑着回忆道："那时候我和约翰是同学，我从来没有那么爱过一个人。他那时候让我很揪心。你们知道的，我是个有抱负的女孩，想要出人头地，而约翰想让我嫁给他。那时候我对婚姻这件事还没想明白，世界上还有太多东西等着我去体验。于是，我开始唱歌，整晚躺着不睡觉，不想睡。我非常想实现自己的梦想，不愿意就浑浑噩噩地过。这是真的。"

"约翰却越来越坚持，某天晚上他约我出来见面。那大概是 20 年前，约翰差不多 23 岁，他又高又帅，眼睛很亮，面容瘦削。当时我被他完全迷住了。我站在我家门廊上，他立在几步开外跟我说话。那些话我一辈子都忘不了，那么动人。"

男中音礼貌性地耸耸肩，"嗯"了一声。

"噢，我明白，你这个大情圣不觉得有什么了不起。可你不曾像我一样，站在艾奥瓦的门廊上听约翰讲话。他站在那里对我说：'玛格，你会因为这个决定后悔一辈子。你会在梦中惊醒，颤抖，哭泣，想要了结自己，后悔没有嫁给我。机会曾经摆在你面前，而你拒绝了。记住，记住现在这个跟你说话的无名小卒，记住我今天说的每句话。'

"'你想怎么样？'我问。

"'我要做美国总统。'他说。他的语气那样坚定，不容置疑，我看着眼前的他，心里怕得要命。这个人要当美国总统啊，而我扔掉了这辈子只有一次的机会。他感觉到我相信了他的话，于是变本加厉，又叽里呱啦地说了些很玄乎的话，我头都快炸了。

"'我不会再求你，已经给过你机会了，玛格，你没珍惜。好吧，以后别说约翰·马赛是个狠心人。再见。'"

女主角叹了口气，她望着手里空空的茶杯继续说："说了再见之后，就真的结束了。他挺着胸甩着手臂扭头离开，我坐在门廊上发抖。我拒绝了一位美国未来的总统！我，一个笨笨的乡下姑娘。更糟糕的是我还爱着他，我记得自己在门廊上坐了好久，一直到父母做完礼拜回来。我整晚睡不着，一边发抖一边哭。

"我没再见约翰·马赛。一周后，我来到芝加哥学音乐，父母决定送我来这儿念书。我心里忘不掉他，是他迫使我不得不逃到芝加哥。是他让我坚持一天练 8 小时琴，一直学一直练，不敢放松。

"我要变优秀。等到他当总统的那一天，我也要出人头地。我不能像他说的那样，变成个自怨自艾的村姑。于是，我发奋努力，最终混到了巴黎，还接到了伦敦的工作邀请。而我从未停歇。

"可有趣的是，我渐渐忘记了约翰·马赛。自从实现了歌剧演员梦，在我心里，他的印象也就渐渐淡了。上个月我回了趟家，路过乡镇的时候，我不可抑制地想起小时候遇见的人和事。我父母已经不在人世。

"走过的街道还是 20 年前的老样子，狭窄破旧——我又想起了约翰·马赛。你们可能不相信，那天站在门廊上听到他决绝陈词的痛苦感觉又回来了，我十分好奇约翰的下落，但又不敢探听。路过镇子主街上的药铺时，我认出了老板，他已经老态龙钟，我进去跟他打招呼，最终鼓起勇气问他：'您记得约翰·马赛吗？'

"'马赛……马赛?噢,记得,老马呀。当然,怎么了?'他不住地点头。'那您知道他的下落吗?'我又胆怯地追问。老板扶着老花镜,向窗外望去,伸手一指。'这不,他来了,你等等,我去叫他。'

"确实是约翰·马赛,我想象中的美国总统,街边的他弯腰驾驶着一辆寒碜的破烂马车,给每家每户收垃圾。我赶忙抓住老板的手说:'不用了,我待会儿再见他。'

"我一分钟也待不下去了,赶紧跑回车站,登上下一趟火车回芝加哥。一路上我脑子里都是约翰·马赛驾驶着他的垃圾车的样子,油腻腻的帽子、耷拉着的脸,我觉得自己快疯了。"

"故事就是这样。"女主角又笑起来,"我的乡村爱情故事。"她瞥向空茶杯的眼神还是有着淡淡的忧伤。

那位男中音往她这边挪过来一些,试图打开新话题:

"我还是给你讲讲我在布拉格遇到的那位西班牙姑娘吧,你会感兴趣的……"

First Scene —— American Dream

# 刺青

这座城好像一位浪子,蹬着长靴,挥舞着那顶老旧的草帽,太阳晒得鼻头发红,烟灰缸里升起罪恶的余味。这里是范布伦(Van Buren)的南州立大街(South State Street),布满灰尘的招贴画装饰着这座充满欢乐与奇迹的古老宫殿。

"很久以前,"荷兰人说,"是另一个样子。人有人味,生活值得过,刺青也是个正当行业。那时旁边还有伦敦博物馆,大家知道怎么打发时间。"

自动点唱机里流出一首忧伤的老探戈,两个跑腿的小伙子凑在画片机跟前,里边放的是"人体艺术"和"亚特兰大海滩盛景"。画片机后头支着一挺枪,3英寸[1]的电动靶叮叮当当响个不停。荷兰人坐在大头贴照相棚旁边的角落里,他是世界顶尖的刺青师。刺青设计样图布满了整整两面墙,巨龙、鞋子、仙女、交叉的战旗、一圈船锚、魔方、蝴蝶、匕首,还有不少奇怪的图案,看上去像维多利亚中期幻想小说里的东西。墙上也挂着名人照片,从头到脚都刺着图案的康斯坦丁船长、巴纳姆的最爱、早已被遗忘的畸形秀成员们,以及食火人、吞剑者、魔术师。有一篇1897

---

[1] 1英寸=2.54厘米。

第一幕 …… 美国梦

年《芝加哥编年史》(*Chicago Chronicle*)上的文章,已经发黄了,被镶在木框里,字里行间昭示着当时芝加哥市民把刺青当作一种不可抵挡的时尚。这一风潮从伦敦的贵族圈子传到纽约,又从纽约来到芝加哥。而阿尔赫曼教授——当然,从马达斯加到桑迪胡克都叫他"荷兰人",是当时全世界最顶尖的刺青艺术家。

在这个角落里,荷兰人被那个逝去时代的残骸包围着,他是被放逐的森林之神西勒努斯[2],他的眼中还闪烁着曾经光辉灿烂的记忆。

"很久以前……"荷兰人的一声叹息似乎召唤出了成群的鬼魂,他们浑身布满刺青,在另一个时代的州立大街廊柱上快活起舞。那些日子已经一去不返。19世纪最后的狂欢落下帷幕,伴随着沙皇俄国以及世界各地皇权的覆灭,马戏团的招贴画也渐渐褪去色彩,刺青艺术也一起经历了盛衰变迁。

"噢,生意还是照做。"荷兰人说,"人性很难改变,你想想若是你刚买了一块漂亮的手表,会有什么冲动?刻上自己的名字对吧!要是皮肤很漂亮呢?自然要刺青。以前我们只有3种颜色可选,现在有7种,并且有了电动工具,难以置信吧。你看看过去来找我刺青的人,读读墙上的文章吧。也许你会觉得这很疯狂,可疯狂的只有他们吗?我听说有人拿仅有的50美分买了张球票,看得一激动还把帽子扔了;还有整日整夜一动不动守在钓鱼竿前却什么也没钓到的人。记得一次在艾奥瓦被法官提审,估计是我们行为举止太像食人族吧,法官问我如何证明自己无罪并且没疯,我申请给我3分钟的时间来论证。我从罗马人开始讲,他们是极睿智的先民,他们刺青;哥伦布有刺青,发现美洲大陆的水手们都有;如果

---

2. 西勒努斯(Silenus):古希腊神话职司森林的神祇之一,为酒神狄俄尼索斯的伴侣和导师。

First Scene —— American Dream

查理·罗斯[3]有刺青,也许能找到他吧?如果刺上他的名字、家庭住址、出生日期,他还会丢吗?刺青能带来的好处真是不胜枚举。最后法官判我胜诉。"

点唱机放到《在远方》(*Over There*),电动射击枪接连发出一串命中的音效。荷兰人盯着一只烟屁股出神半响,接着继续说,这次的故事很私密,他自己的爱情故事,有些古怪的爱恋。

"很久以前,"他轻轻地说,"那些女孩都跟我很熟,我给她们刺过青。我在这条街上住了 30 年,已经没人对过去的东西抱有兴趣。这条街变化真是大!唉,都变了,消失了,一切都消失了,刺青撑得久一点儿,人性使然。但人性也在逐渐淡去,你说老巴纳姆若是看见我整天坐在这角落里,他会怎么说?我以前可是跟康斯坦丁船长一样风光的人物啊!不想了,那个年代才能会得到尊重,会唱会跳会刺青是有价值的。现在呢?跳舞的、唱歌的有什么?谁又还给人刺青呢?整个世界都乱糟糟的。"

在阵阵射击声和点唱机音乐的伴奏下,荷兰人抖出最后的包袱。他打开一张泛黄的旧报纸,里边包着照片。他一张张地把照片放在破桌子上排好,像一位孤独占卜的隐士。有他还是个孩子时的照片、当水手时的照片、变成世界知名刺青师时的照片。有的照片里他被娱乐场的女王们众星拱月般簇拥着,他开心地搂着耍蛇人或是其他古怪的杂技演员。泛黄的照片组成一场诡异的展览,伴奏的点唱机音乐似乎也更显轻柔,曲子是《去年的雪下在何方》(*Where are the Snows of Yesteryear*)。

最后露出个相片夹,里面是近期的照片,上面是一个笑容灿烂的姑娘。荷兰人停下他的占卜游戏,静静地看着那相片。

---

3. 查理·罗斯(Charlie Ross):美国历史上第一位随机绑架案的受害者。

"是我女儿,"他终于开了口,"我供她上了大学,她刚毕业,找到一份不错的工作。为了她,我竭尽全力。什么?她有没有刺青?"

我们最伟大的刺青师突然升起了了怒意,狠狠盯着满墙的刺青图案——魔方、仙女、船锚、巨龙和蝴蝶。

"我想并没有。她不属于这条街,她的生活在别处,我全力支持她,她很爱我。不,先生,这条街只属于拥有漫长回忆的人,新一代应该从新的地方开始。虽然刺青的好处不胜枚举,但时代变了。"

音乐又换成了《蓝色多瑙河》(*The Blue Danube*),有顾客走进来,荷兰人开始做生意。电流开关一按,蓝色的电光闪烁。荷兰人清清喉咙,自信地拍拍顾客的后背。

"再加一点点就好,"他解释说,"很快搞定。海上加两艘船,再来三头龙就齐活。海妮,这个弄好后,我敢保证你能拿下那个穿插表演的机会,保证。"

海妮露出充满希望的笑容。

第一幕 —— 美国梦

# 三色朝珠

这条街上并没有东方标志性的大红灯笼，破败的墙壁也没有被涂成爆竹那夸张的颜色。走过这条街时，你看不到中国龙、牌坊或者辫子。

这片非常保守务实的唐人街里的确住着一群保守务实的中国人，他们渐渐占据了位于22街和温特沃斯大道（Wentworth Avenue）之间的这片区域，这里以前是芝加哥有名的灰色地段。

那时你从这儿走过，只能感到木头废墟中透出来的丝丝寒意。颓败的建筑物早已空无一人，空洞的门窗像是被什么东西咬出来的空白缺口。东倒西歪的小房子像墓园的墓碑，被一种令人发毛的寂静笼罩着。街边上了年头的维纳斯像已经变成衰老的夫人，眼睁睁地看着这个小世界一天天走向衰败。

后来中国人出现了，街道逐渐亮起了灯。房屋被打扫出来，店铺的玻璃擦得一尘不染，倾斜的铁皮屋顶被钉回原位，楼梯也都修葺一新。整个街区重新焕发活力，这片曾让城市蒙羞的灰斑如今改头换面，成了亮丽的风景。

还是有些奇怪之处。如果你从店铺的窗玻璃往里望，时不时能看见一些坐着不动的中国人，他们抽着长烟管，一句话也不说。有些奇怪的水果、食品、草药和衣服饰物摆放在旁边整齐的架子上。地板刚刚被擦过，非常干净。除了那些一动不动的男人，其他看上去都很自然，似乎突

First Scene —— American Dream

如其来的沉默击倒了他们。

姑且把这叫作中国式沉默吧。你在附近逛逛就会知道，这种沉默比龙、牌坊、爆竹和辫子更有中国特色。

今晚我来找李比利，他名片上的地址是温特沃斯大道 2209 号。我们聊了一些事儿，有一件早就见过报，其他的可能这辈子都没机会公之于众。

他坐在里间的办公室里，穿得像个典型的美国商人。我们寒暄之后就聊起来，屋外有十多个中国人，却没有一点儿声音。他们或站或坐，都抽着烟，死一般沉默。一种奇怪的氛围笼罩着这些人，让你觉得他们除了中国人的身份以外没有任何特征。

李先生自己也不健谈。聊了几分钟之后，他开始沉默，长长的停顿之后，他递给我一封电报，上边写着："香港——英炎：黑帮绑架了福迎和他老婆。速寄来 5000 美元。周泰。"

"我刚收到的。"李先生说，"英炎是我父亲，福迎是我弟弟，他的英文名字叫李安卓。10 个月前他回香港结婚，太可怕了，我担心得要死。"

外边突然传来一阵中国歌曲的声音，一个男人开口说了句什么，说完又是一片沉默，没人接他的话。李先生把电报放回口袋，这时有人敲门。

"进来。"

一个中国年轻人走进来，带着一个小包袱。

"这位是唐先生。"李比利给我介绍。我们握过手，唐先生便开始用中文讲话。李比利听着，一边点头，一边伸手去够那包袱。

"这事儿真有趣。"李先生对我说，"唐先生刚从中国大陆过来，武昌，你知道那里正在闹革命。他带了一件有趣的玩意儿。"

李先生把包袱打开，从里边拿出一串珠子，上边的小珠子是木刻

## 第一幕 —— 美国梦

的，几颗大的像是翡翠，还装饰着丝线和五色石。

接下来，他又拿出一串更长的珠串，主体是琥珀和翡翠，并以珊瑚点缀。

"真是好东西啊！"李比利赞叹道。"唐先生来自中国一个富庶的贵族家庭，但最近家族生变，唐先生于是想来国外学习现代商务。这两件是他仅有的家族遗产，可别小看了它们，这两串朝珠只有上朝面圣的时候才能佩戴。"

"你看见这三种配饰了吗，这说明他祖上是三品大臣。这宝贝唐先生家里传了好几代，这些木珠子是橄榄雕刻的，一共两百多颗，每颗上都刻着独特的历史场景。"

李先生把两串珠子拿在手中。唐先生沉默地立在一旁，眼睛盯着珠串。

"你爸爸上朝的时候戴吗？"李先生以主人家的姿态问道。

唐先生慢慢地点了点头，回了一句中文。

"他说他们家几代人都佩戴过，"李比利跟我解释，"现在家道中落，只剩下这些往日的徽记了。唐先生希望我帮他处理掉，换些钱念书。"

两位先生都沉默了，李比利把一串珠子挂到脖子上，它就那么极不协调地垂在美式外套和丝质衬衣外边。在他们眼中这似乎毫无问题，琥珀、翡翠和珊瑚服帖地落在李比利的肚子上，对着唐先生，唐先生鞠了一躬便离开了。

半小时后，我们基本聊得差不多了。走出门，屋外的十多位中国人还在，或站或坐，抽着烟，没人讲话。我注意到人群中的唐先生，他抽着一根美国烟。也许这群被沉默占据的人来找唐人街的李比利都是有事相求吧。

110

First Scene ----- American Dream

# 献给伯特·威廉姆斯

伯特·威廉姆斯先生说着一口带爵士味的方言，他嘟囔道："好吧，既然您这么喜欢我的歌唱和表演，您怎么不写写我的故事？您不是个作家吗？噢，不是您负责的版块！嗯，这就是我的命，我一直就是个倒霉蛋，从没走过运。不是您的版块！我懂的，每个人负责的版块里都没我的位置。

"我能问问您负责什么版块吗？没有别的意思，只是问问。谋杀案，对了，您给报纸写杀人犯和他们的谋杀故事。还有别的吗？仅此而已？只写谋杀案？好吧……外表真是太具有欺骗性，我看到您进来的时候心里想：'这位先生应该是个戏剧评论人。'看到您戴着一双手套，我忍不住又想：'这位先生不光是戏剧评论人，还很可能专门做音乐剧评论呢。'是啊，先生，我一辈子都在等音乐剧评论人来采访我，但无论我演出得多卖力，还是没有人上门。先生，没有一个评论人认识我。

"没有对您不敬的意思，先生，包括您的写作。既然您负责写谋杀故事，那下次在打打杀杀之间能不能插入一点关于我的小介绍呢？比如：'那位富商遇害时唱片机里正放着伯特·威廉姆斯的新歌，一枚子弹击中他的心脏，当即就死了。他的嘴角还挂着一丝微笑，威廉姆斯的歌声让死亡来得毫无痛苦。'

"什么，先生？您答应了！山姆，快给先生拿点威士忌来，那瓶没

第一幕 —— 美国梦

## First Scene —— American Dream

标签的。好了,倒上……啊,该死的,这点酒连猫屁股都沾不湿。继续倒。这还差不多,过来,山姆,你来帮我喝。这可是件大事,这位先生答应帮我上报纸,只要我耐心地等一阵。对不对?啊,我弄错了,是上杂志。太棒了,为您帮我上杂志干一杯。您在写的时候别忘了几年前我在旧金山演出的事儿,莎拉·伯恩哈特[1]当时也在,有一天晚上我演出结束回到更衣室,桌上有一大篮花,卡片上写着我的名字。我打开一看,天啊!'献给一位艺术家,莎拉·伯恩哈特赠。'关于这件事,咱们关起门来说,你可以把莎拉·伯恩哈特换成埃莉诺拉·杜丝[2]。我想您应该知道她是谁吧,舞台上最耀眼的明星。是的,先生,绝对是最耀眼的。她在回意大利之前说我是美国舞台上最好的艺术家。

"艺术家!山姆每回听见我说自己是艺术家总会被逗笑,不是吗,山姆?来,再喝一杯,先生。这可是私藏的好酒。什么时候能看见您写的关于我的文章呢?啊,神啊,请快一点吧,这倒霉的剧场生活快逼死我了。不过,我会耐心等待你的,先生,干杯。"

他并没有等待。今天,伯特·威廉姆斯的身影出现在了各种经典角色汇集的名人堂,他嘴角挂着懒散的微笑,眼神忧郁,黑色皮肤像一块浓重的阴影。自欧里庇得斯[3]以来的伟大角色们,带着他们最华美的妆容,齐聚于此,这里只上演最经典的悲剧。

有这些女士和先生的陪伴,莎士比亚的心脏也受不了吧。从古至今

---

1. 莎拉·伯恩哈特(Sarah Bernhardt,约 1844—1923):19 世纪和 20 世纪初美艳无比、倾倒众生的法国著名女演员。
2. 埃莉诺拉·杜丝(Eleonora Duse,1858—1924):意大利女演员,因扮演亨利克·易卜生的戏剧中的女主人公而著名。
3. 欧里庇得斯(Euripides,前 480—前 406):与埃斯库罗斯和索福克勒斯并称为古希腊三大悲剧作家。

第一幕 —— 美国梦

的布斯们、巴雷特们、席登斯夫人们、帕提斯夫人们、西拉诺们、汉姆雷特们、布冯们以及其他主人公都穿着他们最亮眼的装扮，他们最爱的帽子、皮带、紧身衣裤和佩剑。他们都端坐在名人堂里，读着报纸上关于自己的通告评论，好像是窥听来自戏剧天堂的圣歌。

今天伯特·威廉姆斯终于进来了。是的，搞到一身适合的行头花了他不少时间。那病恹恹的白手套、松松的鞋子和毫无特点的西裤都要恰到好处。进门马虎不得，他懒散的微笑看起来有点紧张，忧郁的眼睛在这间新剧院的大门里看起来更添忧伤。

上帝啊，这可是一场百老汇首秀。雷哈诺、卡罗素、科克兰、加里克这些大腕以及上千名观众一起坐在高高的穹顶下，双眼注视着舞台，等待着即将上场的演员。

好吧，贵宾们，来点儿音乐怎么样？不用多，一点点伤感，一点点躁动不安的就行。这就对了，不用担心。"记得杜丝说我是个伟大的艺术家吗？记得莎拉·伯恩哈特在旧金山给我送过玫瑰吗？献给一位艺术家。是的，没人能再抛弃我，虽然我曾被抛弃过。"

好了，贵宾们。请注意，我现在要把手伸进这扇门里，然后慢慢地扭动手指，就这样，慢慢地。不用担心。

皱皱的白手套在这辉煌的大厅里缓慢移动，音乐有点悲伤，有点躁动。大厅里一片沉寂，这位演员要入场了——宽鞋子，垮裤子，嘴角挂着懒散的微笑，眼神忧郁，黑色的皮肤像一块浓重的阴影。

太棒了，威廉姆斯先生！整个大厅回荡着掌声，观众们开心地笑着。他来了，带着始终如一的笑容，似乎很好奇，又似乎在表达悲伤的歉意，沉重又可悲。

伟大的演员们含着热切的眼神，静静坐在宝座上。名人堂的大门终

First Scene —— American Dream

于慢慢关上。没有弗洛·齐格菲尔德[4]那样的追光灯,仅仅是一束笼罩着"花园"的阳光。音乐变得不同,能轻易地随之哼唱,竖琴和长笛声出现了,紧接着是深沉的人声。

是啊,我很遗憾没能在名人堂亲眼看见伯特·威廉姆斯先生的演出,看着他从高高的拱门走下来,对着安静热切的大腕们唱着——

Ah ain't ever done nothin' to nobody,
Ah ain't ever got nothin' from nobody—no time, nohow.
Ah ain't ever goin't' do nothin' for nobody—
Till somebody—

我没有伤害过任何人,
也没索取过任何东西,
什么都没有,
我也不准备为任何人付出,
直到出现一个人……

---

4. 弗洛·齐格菲尔德(Flo Ziegfield,1867—1932):美国歌舞大王,百老汇知名音乐剧制作人,他创作了很多划时代的音乐剧作品,如《演艺船》(Show Boat)。

第二幕
# 孤独者

Second Scene

Solitude

有那么一会儿

这位不动先生
像是人流中的
一座模糊的孤岛

又有那么一会儿

他的形象
膨胀了无数倍

好像一个
伟大的存在

正俯视着脚下
模糊的众生

第二幕 —— 孤独者

# 悲惨先生

没人会比温克尔伯格先生更悲惨了，他简直就是一部不幸的百科全书，能够降临到人身上的苦难他通通尝过。他没有家庭，没有钱，甚至也没有健康。他看起来如此颓丧——高高瘦瘦的，一张枯槁的脸上戳着两只空洞的大眼睛。他迈着一种奇怪的类似爬行的方步子，让人联想到初冬时瘦弱的苍蝇，在一张无边无际的粘蝇纸上徒劳地挣扎。

温克尔伯格先生有个坏习惯，老是出人意料地出现。当然，可能是因为他的每一次出现都自带令人不悦的氛围。没人会想要见到温克尔伯格，他苍白又执着的微笑、空洞的双眼和奇怪的"爬行"绝对是使人不舒服的惊喜。

坦白说，正是温克尔伯格的悲惨吸引着我。我热切期望倾听他的故事，他说话很慢，是个有理智的人。他不仅清晰地认识到自己是个充满痛苦、整天挨饿的人，并且以一种冷静的眼光扫视着周围的事物。我记得他不带情绪地说："这不怪任何人，甚至也不能怪我。既然都不能怪我自己，又怎么能怪这个社会？这个城市就是这样。我过得不好，这辈子都完了，是个无用的废物。人们喜欢照顾废物，到处修着收容所，我曾经去过两家，都被赶了出来。他们说我是个骗子，觉得我根本不像是需要慈善救济的人。"

后来，我知道了原因。这个男人虚弱又坚定的微笑有点扭曲，像是带着讽刺的责备。这绝不是阳光的微笑,这里边藏着某种恼人的秘密:温克尔伯格在微笑中控诉着自己的无用、虚弱和贫穷。他那气恼的眼睛好像一直在用你的口吻咒骂:"你,温克尔伯格,快滚开。你这讨厌的东西,你那又穷又病恹恹的衰样看了就让人不舒服。快滚,别在这儿晃悠。你他妈的怎么还不死?"

人们看着温克尔伯格的微笑,就像在看一面镜子,里边映出了自己对待这个男人的态度。人们感到温克尔伯格能够读懂他们的想法,这是很让人恼火的。温克尔伯格知道人们内心深处一直在问的问题——这个悲惨先生怎么还不去死,一了百了不好吗?这让人们觉得不爽,因为这显得他们太没心没肺,跟食肉动物没什么两样。于是,虽然人们多多少少都想那么问,但他们选择性地忽略了这一点。温克尔伯格的微笑像镜子一样让他们的想法无所遁形,这微笑成了揭露丑陋的哈哈镜。热心于慈善的人们跟热心于其他东西的人一样,都有他们自己希望的"温克尔伯格"。他们希望不幸的人专注于自己的不幸,别像这样带着讽刺的、哲学的微笑到处晃。

温克尔伯格就这样混了一年,他已经年过五十,每次我看见他时都觉得会是最后一次。我很确定有一天他会死——在爬过他的粘蝇纸时突然翘辫子。但他总是继续出现,我总是在他出现时假装忙碌,他会坐着等待。他从不去领救济品,如果他去了,我会松一口气吧。他就那么坐着,微笑着,那微笑似乎在说:"你害怕我会找你要钱。别担心,我不会,更不会打扰你。是的,我和你想的一样,我应该去死。那样对大家都好。"

有时候我们会聊上一会儿。他不时地建议我可以把他的不幸遭遇用作写作素材,比如他的两个孩子被火烧死的事儿,还有他在起大雾的时候摔下了公交车,脊椎落下了伤,公交公司赔了他 500 美元做了断,而两周后他从银行取钱回来时却被抢劫。

我一直拒绝他的"素材",这冒犯了温克尔伯格,他会摇摇头然后又理解地点点头,他的微笑似乎在说:"好吧,好吧,我明白。你不想跟我扯上任何关系,因为你不想在我身上投入更多的同情。我很抱歉。"

到最后,温克尔伯格来拜访的次数越来越频繁。他变得喋喋不休,想要讨论许多东西,城市、各种收容所、政治、艺术。这个阶段的温克尔伯格让人难以忍受。他可以接受自己被排除在人们的社交圈之外,他可以接受自己会饿死街头,并且每一个看到的人都觉得他的死是件好事。但他提出了最后的请求。他只希望通过交谈来驱散自己长久以来的孤独。他只想聊一些无关温克尔伯格本人的抽象话题,他此时的微笑像是在说:"我是个废物,该死的废物。但请别担心,我的思想还活着,它仍然在工作。我也希望它停止,像我的身躯一样匍匐在地上。但既然它还在运转,就请跟它讲讲话吧,就当它的主人并非这个令人无法忍受的温克尔伯格。"

我终于开始怀疑整个温克尔伯格和他的故事是伪造的。我跟自己解释:"这个人铁定是假的。任何一个像温克尔伯格一样毫无用处、不可理喻、可悲至极的人一定会选择自杀的,但温克尔伯格没有这样做。他太不合逻辑了,一点也不现实。"

我认识一位夫人,是那种到了圣诞节就大发慈悲的类型。她的头上总是闪着救助穷人的光辉,事实上,她确实会救助他们,不过,穷人们被她当作了一种社会或者精神上的工具。救助穷人让她能够以一种慷慨的形象出现在邻居的视线里,并且似乎也让她觉得灵魂得到了升华。不过,她总算是"做了些好事",我们就让她继续吧。

我跟这位夫人讲了温克尔伯格的故事。我激动地讲述温克尔伯格的不幸故事,他遭受的一切不公正与苦难,当然,还有他斯巴达式的坚忍克

## Second Scene —— Solitude

己。这样做让我觉得很愉快,似乎自己在弥补什么,也许我的灵魂也将得到升华。

于是,她跑去南城温克尔伯格平日栖身的地方,别人告诉她温克尔伯格已经死了,就在上星期。她沮丧地告诉我这个消息,她说她来得晚了一步,她本可以救下温克尔伯格一命的。

很奇怪,当她告诉我温克尔伯格已经去世的时候,我非常抗拒地觉得这一定不是真的。现在,我知道温克尔伯格确实死了,埋进了地下,我心里却产生了一种奇怪的期盼。我会时不时地在工作时抬起头期待他的到来,在街上走的时候我会想:"下个转角我就会遇到温克尔伯格。"

我最后找到了这种感觉的来源,那是温克尔伯格的微笑。他的微笑阐释着整个世界对他的态度,也包括我的。于是,每当我想到他的名字,那个微笑就会浮现出来,在温克尔伯格的微笑中,我似乎听到自己在说:"他还是死了好。"

第二幕 —— 孤独者

# 波纹

雨天，路人撑开雨伞。我约了一位了不起的金融家做采访。我在一家俱乐部等他，窗外是成百上千把轻轻颤动的雨伞，像是一群喝醉的甲壳虫。

人总会在有些闲暇又有点失落的时候注意到他人。大多数时间里，人群中数不清的脸孔只是背景，围绕着我们，如一颗石子投入水中荡起的涟漪。别人的痛苦与狂喜、野心与失利，别人的混乱的一切——谁会在意？只不过是青春的自我跳入衰老之河激起的波纹罢了。

此时，俱乐部外边的伞下是一个人，很神奇，他们就这样彼此擦肩而过，几乎懒得瞥对方一眼。对他们每个人来说，其他人都是以他们自己为中心放射出来的波纹。巨大的持续不断的疑问和挣扎，跳动在每一根血管里的无数痛苦——都只是波纹而已。是的，那是越来越模糊的波纹，波纹的中心是那个心里想着要买一双吊袜带或者赶去参加晚宴的人。

啊，伞下的人儿多么目中无人哪！雨落下来，被伞挡开；世界上的不同体验朝他们的灵魂落下来，亦被隐形的伞挡开。俱乐部的窗外，每一个人都脚步匆匆，是全知的世界中心，周围是一场围绕着他们的伟大戏剧，是一圈灾难和幸福的光晕，如同宏大低沉的希腊合唱团在为某个购买吊袜带或赴晚宴的场景伴奏。

每个在伞下幻想自己是宇宙中心的人难道不渺小吗？每个认为自己

## Second Scene —— Solitude

是时代先知的灵魂难道不可笑吗？而他们仍然顾不得向身旁的人投去一瞥，从生下来，他们就相信自己的想法、偏见、野心和品位即是最重要的标准。清教徒、偏执狂、享乐主义者、精神分裂者、傻瓜、梦想家、懦夫、亡命之徒、被欺凌者、野心家，以及成功人士——都在雨中标榜着自己的雨伞，同时也向着世界撑开他们隐形的伞。雨继续下吧，继续下吧——灾难与幸福伴随着火焰与雷鸣——然而，没有什么能够打扰青春全神贯注地跃入衰老之河。

人行道闪着黑镜般的光，写字楼窗户透出的灯光彼此龃龉着。一把伞停下来，了不起的金融家给司机指了指路。指完，金融家在雨中站了一会儿，他抬头低头打量着街道。他看见了什么？波纹，越来越模糊的波纹，波纹从他的脚步下荡开，从轿车到俱乐部。

他淋湿了。一位仆人走来帮他脱下外套。他走到窗边，缩进一把皮制扶手椅，看着窗外的雨和伞。了不起的金融家刚从国外回来。他精明的脑子里存储着好多数字、好多报告。他出国是为了了解当前的国际形势，而6个月中，这位了不起的金融家跟好多别的金融家待在一起，聊啊，谈啊，聊啊，谈啊。

而他此刻不发一语。很奇怪。整个世界以及那么多缭乱缤纷的事物似乎都融进了一句简单的"下雨了"。不知为何，金融家那些颇善言辞的跟班今天并不在他身边，是那些伶牙俐齿塑造了他这位影响力巨大的经济人物的名声，但此刻他如同被遗弃了一般。他的目光让我想起踮脚站在窗边望着栅栏外棒球比赛的小男孩。

交谈终于开始了。了不起的金融家大概说了这种话："欧洲。噢，是的，很糟糕。但事情总会过去的。"很长的停顿。雨伞一把把滑过，1、2、3、4、5——他一直数到30，然后，突然像刚刚接手董事会

第二幕 —— 孤独者

## Second Scene —— Solitude

一样搓着双手,用快活的语调说:"我们说到哪儿了?噢,是的。欧洲局势。好吧,那你还想知道点什么?"

啊,这位伟大的金融家的脑子里装着成千上万的表格、数字、报告,好像按下按钮就能全部倾倒出来。"抽根雪茄?"他问我。雪茄点起来,他说:"倒霉的天气,感觉一时半会儿晴不了,对吧?我想今天还是休息吧,打不起精神。我今天完全想不到什么关于欧洲的东西与你分享。"

他坐着,抽着雪茄,眼睛却落在窗外的景象上。那双眼睛好像在努力地寻找意义,然而,他的脑中显然什么都没想。一种情绪努力地冲破数字和报告的围堵,完全占据了他。对金融家来说,这不是什么好事。很显然,对他来说,此刻窗外的雨伞不再仅仅是一圈浅波纹了;外边上演的伟大的生活戏剧也不再仅是为他唱响的模糊低沉的希腊颂歌。

了不起的金融家意识到了某种东西。是什么呢?他摇了摇头,仿佛在回答自己。他无法向人解释清楚,金融家就像是一块混乱的原子团中一颗普通的原子,说不清每一把窗外滑过的雨伞都与他自己一般重要。金融家的自我正在休息,只能吐出些无关紧要的话语。

"我们发现欧洲的状况很奇特。英国和法国虽然是一条绳上的蚂蚱,却向着两个不同的方向蹦。英国需要重建贸易,法国则需要振奋士气。这要求不同的解决方式。要重建贸易,英国必须重建德国;而要振奋士气,法国必须阻止德国重建,让它保持一个战败敌人的形象。"

了不起的金融家看看表。"天哪,天哪。"他要走了,他表示很抱歉采访不太成功。主要是因为倒霉的天气。他穿回湿湿的外套,刚刚的豪华轿车开到街边,仆人帮他整理好衣服。于是,这把雨伞又加入到人行道上雨伞的河流中去。

雨继续下,了不起的金融家先生要赶回家吃晚饭。

## 第二幕 —— 孤独者

# 一则关于钓鱼者的寓言

人类总是拥有无限的信心，人们可以满怀热情地相信某些不可见的事物，甚至对完全不可知的东西抱有坚定信念。这不，他坐在芝加哥码头的岸边，手握一根鱼竿，耐心地盯着玛瑙色的水面。他什么也看不见，湖水很深，宽阔的湖面绵延好几平方公里。

但是，这丝毫撼动不了他坚定的信心。他相信，在某种神秘命运的指引下，一条鱼会放着几平方公里的安全水域不游，专挑他垂下的不到一英寸长的鱼钩来咬。于是，作为预见未来的惩罚，他只好揣着希望一动不动地坐着，死死盯住那枚鱼漂。

天气很暖和，阳光像一块明亮的毛毯覆在人们头顶，并不是太舒服。一阵温热的微风吹来，夹着让人怀念的煤灰，在水泥堤坝上漫不经心地打旋。沿着河岸坐着上百人，都是标志性的姿势。他们坐在那里，向逻辑判断和统计学宣战。我们可以简单做个计算，密歇根湖里大概有 50 万条鱼，每条鱼的体积我们算作 5 立方英寸，也就是说，总共有 250 万立方英寸的鱼分布在至少 8000 亿立方英寸的水域里。也就是说，某条鱼出现在特定一点的概率是四十万分之一。换句话讲，这些眼都不眨盯着鱼漂的疯子钓到鱼的概率应该是四十万分之一。

所以，站在一边观看着阳光下不断绽开的水花是相当奇妙的经历。每隔大约 3 分钟就有鱼竿撩出水面，挂着活蹦乱跳的战利品。

## Second Scene —— Solitude

"今天收获怎么样？"我们问。

"噢，一般般吧。"某个钓鱼者答道，指了指他脚下拴起来的几条鲈鱼。

就这样，人类凭着坚定的信念，战胜了逻辑和统计学的障碍；对不可见之物坚信不疑，最终使基于现实的证明轰然倒塌。人在依据逻辑分析不可能有鱼的地方钓到了鱼，巨大的湖面像是在嘲笑他的无知，他却对那晃荡着的不到半英寸的小鱼钩充满了狂热的信任。

几个小时过去，日头更烈了。湖畔的石头和铁栏杆都冒出丝丝热气，远处的街道传来模糊的喧闹声。这样炎热的天气里，城市就像个还没冷却的煤渣堆。工厂里、商店里、办公室里到处是热得眼冒金星的可怜人，想到他们就忍不住叹息。生活可要比这片渔场大得多，而快乐正是统计学上难以捉摸的鱼。

面容憔悴的老年人，同样面容憔悴的年轻人，沉默、坚韧、憔悴的人们手握着鱼竿。一百个、两百个人一起坐在那儿望着湖水，好像在渴望什么东西到来。是鱼？人们像这样等待着某样东西出现，实在难以置信。为什么？因为最终等待者的心灵会产生怀疑，随着时间过去，他会越来越紧张；如果那东西还不出现，他最后甚至可能陷入歇斯底里的疯狂。

这些人却越来越沉静。他们到底在这烈日底下看什么？什么也没看。他们只是让天空和湖水将自己催眠，从生活中暂时抽离。上百个憔悴的人一起等待是极富诗意的画面。有时候，生活对诚实、缺乏想象力的人也同样可怕。

钓鱼的方法有千百种，但这些人都像是遭受打击的、不开心的人——他们为了忘却而来，为了让密歇根湖琥珀色的眼睛盯着自己，丢失掉这几个小时的时光。

还有一点，在很久以前，捕鱼是人赖以生存的手段。与野兽搏斗获取食物的古人们如果盯着水面，肚子空空，那脑子里想的一定不是怎么涅槃，而

## 第二幕 —— 孤独者

是鱼怎么吃。因此,虽然现在已经过去了太多年,但钓鱼者的记忆里还是残存着某种模糊印象,这仍然能让他们感到一种追求事物的激情。纵然死气沉沉地坐着,忘记了还没交的账单和还没完成的工作计划,他们还是会被接下来出现的喜悦占据。鱼漂一动,手中便飞快地收起鱼线,有鱼上钩了!渔人的历史记忆瞬间复苏,他是两个冰川纪以前的原始人,正为了一顿晚餐而努力。他的身躯轻颤,肌肉紧绷起来,眼神闪烁。

起!鱼线被撩出水面。为了人类的生存,深渊中的怪物终于现出原形。它挂在鱼钩上使劲挣扎,却无法改变被胜利者握在手中的命运。在握到鲈鱼湿润、坚实的身体那一瞬间,钓鱼人的手因某种神秘的喜悦而颤抖。

想象中的捕猎游戏如今被冠以运动的称呼。是的,但也有例外。这位憔悴的红脸男人就有着一种实干的气息。他把钓的鱼放进篮子,仔细地点数,总共 24 条。

"要拿去卖吗?"

他摇摇头。

"那用来干什么?"

他慢慢抬起头,笑起来,然后用手指着嘴唇做了个手势。真是个傻蛋。然后,他把手放在肚子上,又笑起来。他打算把鱼吃掉,是时候该回家收拾做饭了,他收起鱼竿,装好钓鱼的基本装备——一只铁皮罐、一个生锈的鱼钩和一根竹竿。

在这被称为文明世界的钢筋丛林中,他仍然沿用早已被众人遗忘的方法满足自己的口腹之欲。他是真正的捕鱼人。

太阳滑下天际,钓鱼的人们纷纷收拾行头准备离开。他们低垂着头,身体弯成鱼竿的样子,偶尔抬起头来看看标示着路径的钢筋水泥大楼。他们又回到日常琐事的煤堆中去,不过,有趣的是,他们的眼中闪耀着希望的辉光。

Second Scene —— Solitude

# 卖栗人

很多伟大的思想家一再证明了贫穷跟犯罪之间不可避免的联系。比林斯警官心存怀疑地注视着卖炒栗子的小贩莫特卡,足见我们的好警官对这一哲学论断深信不疑。

比林斯警官曾经宣誓要维护法律的尊严,保护私有财产不受侵犯。他以一种简单有效的逻辑把社会体系中的复杂和神秘一眼看穿——富人不危险,因为他们的欲望已经被满足;穷人则有太多想得到而还未得到的东西,应该重点关注。一个衣衫破烂的人走在黑暗偏僻的街道上并不能说明什么,而一个无家可归的流浪汉,穿得再体面,品行也值得怀疑。对要维护法律尊严、保护私有财产的警官来说,这是罪行的预兆。

记得夏多布里昂[1]还是司汤达[2]有句名言,社会的稳定依赖于不幸的被压迫者的顺从。

比林斯警官走过艰辛劳动着的卖炒栗子的莫特卡,心中确信上述社会哲理。莫特卡坐在一个装肥皂的旧箱子上,也许是某个流浪汉恰巧把它扔在了离州立大街不远的 22 街上。莫特卡坐着,带着某种奇怪的抗拒心理

---

1. 夏多布里昂(Chateaubriand, 1768—1848):法国早期浪漫主义代表作家。
2. 司汤达(Stendhal, 1783—1842):19 世纪法国著名批判现实主义作家,著有《红与黑》(*Le Rouge et le Noir*)等。

## 第二幕 —— 孤独者

照看着他的炒栗炉子,煤炭和木头仍然在恣意地燃烧。

他已经是个被这世界榨干了的老年人。事实上,他曾经是这个社会稳定的基石,他生活艰辛、备受压迫,却始终安然顺从。他每天上午都会出现,支好摊儿,点燃炉火,坐在肥皂箱上。直到街灯亮起,撵走公路两边的黑暗幽灵,莫特卡还弓着腰等在炒栗炉子前。

比林斯警官在这一片巡视并不是为了监视莫特卡,有很多事吸引着他的哲学注意力。不久前,他管辖的街区被评选为本市诱惑最集中的四大片区之一,简直跟圣安东尼(St. Anthony)那本有趣的小册子所描述的一样。比林斯警官感到一种邪恶的存在徘徊于砖墙之间,它潜伏在人行道边,不时破窗而入。

过了好些天,比林斯警官终于觉得应该严肃对待莫特卡。这个卖栗子的小贩有些蹊跷,我们的好警官越来越怀疑,他心里琢磨着:"这个人整天看上去就是在卖栗子,他在两个餐馆之间的巷子口一坐一整天,可我从没见人买过他的栗子。再仔细想想,他那炒锅里从来就只有半把栗子而已。我敢肯定他是个骗子,卖栗子只是个幌子。他很可能是某个抢劫团伙的眼线。我得好好盯着他。"

莫特卡并不知道比林斯警官在注意他,他还是弓着腰坐在炉子旁,照看着那团火苗,等待客人上门。最终,在他毫无准备的情况下,比林斯警官叫住了他。

"你叫什么名字?"停在炒栗摊子前的警官问道。

"莫特卡。"

"你在这儿干吗?"比林斯警官皱着眉。

"卖炒栗子。"

"嗯,卖炒栗子,哈?好吧,我们一会儿就知道是不是了,跟我走

Second Scene —— Solitude

一趟。"

莫特卡没问任何问题就站起身,在警官面前无须多问。莫特卡站起来,灭了火,把栗子往口袋里一揣,拎上炉子跟在比林斯警官身后。半个小时后,莫特卡站在了 21 街警察局局长面前。

"他犯了什么事?"局长问。

比林斯警官解释道:"他说他是卖栗子的,但我从没见过有人买,事实上,他锅里的栗子也没几个,总共不到半把。我想他值得调查。"

"你有什么要说的,莫特卡?"局长问。

莫特卡耸了耸肩膀,摇摇头,苦笑了一下。

"没什么,我从西区一个朋友那里得到了这个炒栗炉子。我想用它做点儿生意。我有执照的。"

"但这位警官说你没炒过几个栗子,他觉得这只是个幌子。"

莫特卡微笑着说:"是的,是的,我的栗子不多,因为我一次只买得起那么点儿。有时候我会买上一小篮子。"

"你住在哪儿,莫特卡?"

"噢,西区,我住在西区。"

"卖栗子之前,你干什么营生?"

"我吗?噢,我之前做点儿小生意,亏了本,于是我弄来这个炒栗炉子。我有执照的。"

"我好像在哪里见过你,莫特卡。"

"是的,是的。我之前在瓦巴什大街(Wabash Avenue)卖栗子的时候,有位警官也把我带到局里来问过话。"

"那时是为什么?"

"噢,一样,一样,他觉得我是骗子,因为我没有足够的栗子卖。他觉得我是骗子，值得带去局子里审一审。"

莫特卡轻轻地笑起来，又耸了耸肩膀。

"可我不是骗子，我只是太穷，买不起更多的栗子。"

比林斯警官皱起眉头，但这次不是因为莫特卡。

"拿着。"我们的好警官递给莫特卡 1 美元，在场的另外 3 位警官也同样掏出了钱。

"去再买些栗子吧，莫特卡，这样警察就不会把你当成罪犯了。"局长说。

于是，莫特卡把炒栗炉子装满了栗子，推到了州立大街的巷子口。炉子底下柴火哔哔剥剥地响着，锅里的栗子变得颜色焦黄，一个个炸开细缝。如果你想走过去请他给你讲讲他的故事，莫特卡会说："讲故事？有什么好讲的？这里没有故事。"

## Second Scene —— Solitude

# 悲伤布鲁斯

That St. Louis woman
Wid her diahmond rings,
Pulls mah man 'round
By her apron strings——

有女圣路易,
手戴钻戒美无敌。
裙裾轻飞扬,
我夫魂魄去。

　　35街的卡巴莱酒馆今天是黑白主题。一阵歌声划破了嗡嗡的掌声和欢呼。圆桌上杯盏交错,一旁服务员倾身伺候,端得水平的托盘似乎在香烟氤氲出来的仙雾里浮游。帽子像变戏法一般脱脱戴戴,点缀着烟火爆裂的声响,狂浪的舞阵掠过,只记得一张张画着浓妆的脸。黑的像非洲大地的光芒,白的似纯洁少女的轻梦,微笑的黑白衣男女穿梭交织着。聚光灯投下长长的光斑,在这椭圆形的神圣区域里,表演者轻移漫步,她肩膀后倾,伸出双肘,拳头紧握,身体摆出痛苦扭曲的姿势,用摄人心魄的女高音唱道——

## 第二幕 —— 孤独者

If it waren't foh her powdah
And her stohe bought hair,
The man Ah love
Would not have gone nowhere——

若不施粉黛，
若无金发箍。
眼前有情人，
能觅踪影无。

欢呼声背后似乎有隐约的隆隆鼓声，闪烁的钨丝灯似乎映衬着塞浦路斯和科林斯岛的火炬。一场远古的酒神狂欢穿越了世纪向我们走来。摇晃酒杯吧，挂起外套，酒神正在吹响萨克斯，曾经的帕福斯[1]舞蹈如今已变作摇摆舞。

看着这场喧嚣从交错的身体、圆桌和服务员中间如熏香的烟雾升起，某种报幕单里没有的奇特氛围正在酝酿，那是魔鬼的光芒，是神秘的异教音符。

不一会儿，音乐风格骤转，男男女女开始紧紧相拥摆入舞池。钨丝灯熄灭了，彩色追光灯投下绿色、紫色、蓝色和红色的光影，场上越来越暗，彩斑旋转着充满整个舞池。静默裹挟着摆动的身体，只听得到脚步挪动的声音。这种静默成为一种仪式——男女们表情投入、眼神翻飞，在绚烂的光影和有节奏感的爵士音乐中热烈地拥抱。

---

1. 帕福斯（Paphos）：塞浦路斯的一个海滨城市，当地盛行古希腊式传统舞蹈。

## Second Scene —— Solitude

"下面一首,《失魂落魄》(*Lost Souls*)。"报幕员用沉稳知性的嗓音喊道。女人曼妙的躯体和娇媚容颜是邪恶的面具,饥渴的男人们笑声中藏着喘息,每时每刻欲望都在发生。爱与美之神维纳斯成了35街边肮脏的婊子,而她的信徒们虽然外表华丽,却只是空虚的皮囊。

伊兹是这里的常客了,他坐在一张圆桌旁,观察着这一切。他的眼睛和耳朵已经学会在喧闹的环境中捕捉细节,他能在卡巴莱酒馆里小声讲话并且轻松地听到他人的谈话。伊兹对于这里就像野鸭对湖水那样熟悉。

"好吧,今晚还不错。"他说,"那些穷鬼跳得挺起劲。我觉得这个世界很可笑。你问我?我几乎每晚都来喝点儿酒,看一会儿。不过,每晚都是一样的骚女糟男。你说他们?他们也一样。硬汉跟弱鸡在这里没有差别,你知道吗?看见女人他们都一样。如果这里好男人太多,那好男人也就不值钱了,懂吗?

"看那人,我知道他今晚一定会来。几个月以来,他周六从不缺席,而且经常每周来四五次。就是那边坐着的灰色长发男,对,就是他。他是个教授,一年前我就在这边看到他了,我记得他曾经带着一名女伴,让人讨厌的婆娘。也许你听过他的名字,温特劳布,我从那婆娘嘴里打听来的。他本该和你一伙的,来美国以前他是音乐教授,好像还是欧洲某个著名乐团的指挥。那婆娘不太清楚,不过她说他做起音乐来幼稚得像个娃娃。

"你看,他在那儿,他每回进来都坐在乐队旁边。你瞧,注意到了吗?他一直在挥手,好像自己在指挥乐团。"伊兹无奈地笑了,"很傻吧,是不是?他每回都这样,我注意他很久了。他先是坐着不动,音乐一起,他就那样把手挥来挥去。脑子有问题吧。

"别走神,他马上又有动作啦。他今晚一个人,我猜那婆娘放了他鸽子。看哪,他还在指挥。他应该很有钱吧?至少样貌确实挺出众。有品位?你知道他曾经也算是音乐家呢。

"我跟你说过,第一次见面他就吸引了我的注意。从那时起,乐队一演奏,他就自顾自地在一边指挥。跟他来的婆娘并不乐意,她想阻止他,但他眼睛根本没放在她身上。他就那么沉醉地打着拍子,看呀,他越来越兴奋了。真是个笨瓜。你敢信吗?看,他要走了。那是因为杰瑞,他是乐队右边穿黑衣服吹萨克斯风的。哈,杰瑞老是爱用这招。

"我跟杰瑞讲过他的事,杰瑞就试着捉弄他。你知道吗,杰瑞故意吹错音符,那呆子一听差点儿没从椅子上摔下来。就像现在这样。看,他受不了。今晚他不会再指挥了,绝不,他绝不能忍受像杰瑞这样的毁音乐菜鸟。你敢信吗?"

伊兹的目光追随着那个斜肩灰长发的男人,他脸庞瘦削,双眼有些充血。他梦游般地起身离开,不一会儿就淹没在人群中。伊兹又笑起来。

"今晚他又受够了,杰瑞老是这样我也觉得不太好。但他说他实在受不了这个傻蛋每天都坐在桌边指挥乐团。于是只要傻蛋一抬手,杰瑞就吹错,傻蛋肯定受不了,这招屡试不爽。傻蛋决计不愿再多坐一分钟。

"看,他的女伴也来了。那边,戴绿色帽子那个,跟个浪荡子混在一起那个。是的,就是她。我不知道她今天怎么没跟着他,大概吵架了吧。"伊兹邪恶地一笑,"告诉你,这婆娘可不好惹。不知道她是怎么勾搭上教授的,总之是成了。以前,她总是围着他转,还给他在巴克斯鲍姆的餐厅谋了个指挥的职位。但这个傻蛋直接拒绝了,说他就算抹脖子也不愿意待在那种下三滥乐团。他跟她吼道:'我是温特劳布,温特劳布,你懂吗?'他这么发飙以后,她也放弃了给他介绍工作。于是她看到他像今晚这样自顾自地指挥乐团肯定很生气,气的不是因为他傻里傻气,而是有些架子他

Second Scene ----- Solitude

放不下。"

戴绿色帽子的女人离开了她的那张圆桌。伊兹锐利的目光又找到了她,这次她靠在墙边跟教授说话,教授一边搓着前额一边摆手,像是在说"不,不要"。

台上的表演者又唱道:

Got de St. Louis Blues,
jes'as blue as Ah can be,
Dat man has a heart like a rock ca-ast in de sea,
Or else he would not have gone so far away from me.

琴曲依依情凄凄,
思君哪堪月明时。
心若不似石沉海,
缘何别妾三千里。

第二幕 —— 孤独者

# 李星的魂儿

岁月把李星变成了卡通人物，萎黄的脸，无神的黑眼睛，细长的手指动起来毫无生气，走路拖沓得很，仿佛一直在打哈欠。

李星身上混合着淀粉、湿被单、蒸汽和刺鼻的芳香剂的气味。做完一天的工作，他就坐在柜台后边的椅子上。三面墙裹住他，黄皮白线的干洗包裹堆满墙上的架子，上边龙飞凤舞地写着些中国字。

柜台后边的李星望着窗口，街对面是海德公园警察局，人来人往。经过的人抬起头会看见李星的招牌：

李星手洗店，湖滨公园大道（Lake Park Avenue）5222号。

"请进。"李星是个干净人，35年来，他把无数领口和衬衫熨得平平整整，而35年的岁月也熨平了李星。他就像架子上其中一包衣物，脸上印有难以辨认的字体，如同黄底上的黑色象形文字，很陌生。

李星是被什么东西迷住了，从他坐在柜台后的那样子就能看出来，他平日工作时也很明显。李星坐着、走着、干起活来都跟梦游似的。

衣领、袖口和衬衫的世界里没有李星，仅仅是扣着一具躯壳。干洗店的主人是一个名叫李星的机器人，而李星真正的魂儿却在别处。一天的工作结束，李星就那么坐在柜台后头，1个小时、2个小时、5个小时。时间

## Second Scene —— Solitude

对于李星来说与小时无关,甚至跟日子、年月都无关。

枯黄的衣领在李星毫无生气的手中诉说着旧故事,35年来不曾变化。水、肥皂和淀粉搭配在一起,让衣领重现挺拔洁净的光彩,洁净着去,又脏了回来。李星相信人们都在忙着工作,从这成堆的脏衣领就看得出来。到底,所有的汗都要弄脏衣服,李星知道,好奇心抵不过现实。

美国居民身份所蕴含的统计意义只跟那具拥有湖滨公园大道一家洗衣店的躯壳有关。我们再看看其他跟一个人的生活更相关的事实:李星从没看过电影,没进过剧院,也没开过汽车,甚至都从没逛过湖滨。

很明显,李星生活在别处。一个人在35年时光中肯定到过些地方、做过些事吧。李星肯定有故事。也许并不特别长,有时候,一生长不过一句话,甚至一个词。若是有人找到了李星的魂儿,也许可以挖出一整句的故事来吧。

"好久不见,李星。"

瘦脑袋点了点。

"生意还好吗?"

又点了点。

"整天又洗又熨挺累的吧?"

点头。

"什么时候买个自动洗衣机?"

瘦脑袋摇了摇。

"李星啊,什么时候退休?"

又摇头。

"你今天话不多呀,老李。"

回答很庄重:"在想事儿。"

## 第二幕 —— 孤独者

"想啥呢,李星?"

淡淡的微笑。这微笑让李星活了过来,像是从躯壳里头迸出来的火花。也许这是李星几周以来头一次显出生机。

"不介意我在你这儿坐会儿,抽根烟吧?"

过了几分钟,李星站起身,打开一盏小电灯。特别的时刻到了,李星拉开柜台后的抽屉,取出一个黄铜盒子,摆到台面上。那过程很慢,好像在一个深深的梦里点燃一根火柴,把微光送到盒子里。

盒中袅袅升起一阵淡淡紫色轻烟。

李星注视着升腾的烟雾,看着它在空气中消散。烟雾的形状一会儿是写字的手,一会儿是奇怪的花朵,最后散成大大的眼睛。这烟雾的眼睛缓缓消散,空气中充满某种特别的气味。李星轻闭双眼,深吸一口气,瘦弱的躯壳颤抖了一下。

"你写东西?"李星问道,声音喃喃的。眼睛还闭着。

"是的。"

"我也写,写诗。"

"是吗?什么时候?"

"噢,好久之前,也许是去年,也许是 5 年前。"

李星又从抽屉中拿出一厚沓纸,上边横横竖竖写着不少汉字。

"我用英语读给你听听。"李星的双眼几乎没睁开。他念道:

The sky is young blue.

Many fields wait.

Many people look at young blue sky.

Old people look at young blue sky.

Second Scene ----- Solitude

Many birds fly.

At night moon comes and young blue sky is old.

Many young people look at old sky.

朝空幽如璧，

俯首无尽田，

万里空茫催人盼。

白发映青天，

倦鸟依阡陌。

月升碧空残，

青丝不解望旧天。

"李星，你写的是芝加哥吗？"

"不，不。"李星睁开眼，香盒中升起的烟雾之眼如灵巧的鬼魅在他身后盘旋，一会儿就悄悄爬到了黄色的包裹墙后面。

"不，不是的。"李星说，"我写的是广东。很多年前，我出生在中国广东，很多、很多年前。"

Second Scene —— Solitude

# 孤单涅槃

记者先生蹙眉坐在打字机前，陷入沉思。8年来，他一直打算着写本小说，却始终不知道该如何下笔。这个被各种梦想、悲剧和幻觉充斥的城市和它一成不变的街道窗户一起占满了他的心，每天、每时、每刻都放出让人不安的眩光。

8年来，他四处寻找故事，写成文章登报，然而，这片眩光并没有在他脑中孕育出小说的种子。

记者戴上他去年买的草帽，上了街，仍然在沉思的状态中。外边空气温暖，成排的弧光灯下人流不息，随着街道漫无目的地延伸出去。各处是商店闪亮的门廊、成衣店、糖果店、药店、唱机店和电影院一起向行人许下诺言，关于一场即将开始的狂欢。

在威尔逊大街（Wilson Avenue）和喜来登大街的岔口，记者停住脚步。他感到在自己卧室里酝酿起来的孤独此刻变得明晰起来。使他备受折磨的不仅是他自身的无聊，还有眼前这打扮时髦、面带微笑的同样无聊的人群。

突然，在这片浑噩的人流絮语中，他听到有人叫他的名字。那是一位涂着口红的时髦少女，她蹬着高跟鞋，衬衫很短，头戴一顶俏皮的绿帽子。她走路的派头放肆自如，虽然谈吐愚钝，但舞姿堪比莎乐美，虽然笑起来让人觉得空虚，但却能像电影名伶一般顾盼传情。她像鸟一样舒展的

## 第二幕 —— 孤独者

腿,稚气未脱又堆积着欲望的脸,紧身衣物包裹着的青春期的身体,都是记者脑中眩光的一部分。

她正是记者想尝试用打字机描述的事物之一,来自这座城市卡巴莱酒馆通俗狂欢的造物。她如同一幅给欧文·柏林[1]创作的歌曲所配的插画,是关于粗暴的原始性和关于爵士乐的双重讽刺。记者笑了,看着她,记者觉得自己能理解她,但一时找不到适合于打字机的句子来捕捉这种感觉。

他一边听着她毫无意义的唠叨,一边想:"故事发生在威尔逊大街上,聪明又诱人的少女懂得纵情享乐又不花分文。就是她了。她可以为一瓶汽水亮出脚踝,抛出几个媚眼就有男人邀她共跳一曲狐步舞。这个没心肝的小玩意儿,她是学舌鹦鹉和牵线木偶的近亲。"

就这样,记者想着,少女说着,两人一起来到了附近的一间酒馆。乐曲声填满了整个空间,而笑声、喊声、打火机的光、服务员身上的汗味则时不时锐利地戳出烟草燃烧的浓雾。舞池里的人们脸贴脸,拥抱着,摇摆着,眼神各自放出只有自己才能理解的狂喜。

记者点了两杯月光酒,尽量把眼前这片眩光看作一张虚焦的彩色照片。他听到少女幼稚又刺耳的声线压过音乐:

"你最近躲哪儿去了?我不信感情的,只是碰巧记得你。好吧,你们这些臭男人就这样。告诉你,像你这样的到处都是。怎么样!我昨晚在跳虫酒吧门口还碰到个有品位的,那是真有品位!你大概知道很多臭男人看起来都挺上档次,实际上呢?个个绣花枕头。老娘会轻易给他们甜头吗?告诉你,我才不会让那些无趣的臭男人对我毛手毛脚的。一旦他们起邪

---

1. 欧文·柏林(Irving Berlin,1888—1989):美国作曲家、作词家,出生于西伯利亚边界的小村庄,被认为是美国历史上最伟大的词曲作家。

## Second Scene —— Solitude

念,管不住手脚,我就是一顿喷。甜蜜时间结束,拍屁股走人。"

"你多大?"记者心不在焉地问。

"十八啦,查户口啊你。问这干吗?我昨天刚到电话公司上班,这是今年的第六份工作。你肯定又要嫌弃啦!我在埃奇沃特酒店[2]门口认识的一个男人介绍我去的,他后来越来越没意思。跟你说吧,他有点儿笨,但为了这份工作,我还得陪他玩下去。

"嘿,你看到我这双新鞋了吗?"时髦少女伸出一只脚,"上档次吧?跟帽子超级配。跟你说哦,你也有点儿笨,上次见你的时候我就看出来了。"

"你怎么记得我的名字?"记者问。

"噢,每次表演开场就扔小费的总是让人印象深刻。谁会不记得你呢,帅哥!人人都会记得的。要不我们再来一杯?这东西真是越来越不给劲儿,是吧?来,干杯。哈哈,瞧,我们挺开心哪。"

乐曲稍停一会儿,又继续。人越来越多,喊叫声、笑声和摇摆的身体也越来越多。玻璃酒杯清脆的撞击声混在长号与班卓琴的旋律中。记者看着、听着这一切,似乎在观赏一场电影。

他年轻的朋友还在继续那无意义的絮叨。她故意用俏皮和略带沙哑的谈话来掩藏紧张的喋喋不休,她黑色的儿童般的眼睛下面有个空空的窟窿,目光焦渴地一遍遍扫过人群。她讲的那些臭男人、无聊的事跟她讲的上档次的男人、闪亮的时刻几乎没有差别。她喜欢跳舞,爱逛游乐园,不喜欢开车,觉得很危险。她说有些男人觉得行动粗野是种性感。是的,她

---

2. 埃奇沃特酒店(Edgewater Beach Hotel):位于芝加哥东北部埃奇沃特区的海滩酒店,东临密歇根湖。

## 第二幕 —— 孤独者

可以跟他们亲热一会儿,但仅此而已。不可能,绝不可能有更多。话说回来,听着音乐跳着舞和在游乐园木马上转圈的时候也不太合适。

记者听着,又暗自想:一个痴迷玩具的婴儿,不,失去了人性的罪人。她是某种新的罪恶的象征——卡巴莱酒馆里的小男孩和小女孩毫无人性、毫无热情的追逐游戏。

他们跳完一支舞回来坐下,场子里的人还在不断增加。表演者和演奏者都铆足全力为喧嚣助威,无聊的男人和女人终于癫狂起来,在一场令人迷惑的诡计里丧失了自我。

记者看着他渐渐沉醉其中的年轻朋友,在她持续不断的语言轰炸中,有件事他想搞清楚。尽管她又说又跳又笑,似乎充满了能量,但那双胭脂和眼影都无法遮饰的瞳孔深处,某种东西正在死去。

爵士乐队奏起一首新曲,人群跟着哇啦啦地唱起来。服务员在空当中塞进新桌子,安排新来的客人。时髦少女终于不再继续她那些关于男人和回忆的连篇废话。她突然前倾凑到记者耳边,哭着说:

"这个地方真傻。"

记者笑了。

"不是吗?"她继续说,顿了一顿,叹了口气。

"天哪,"她也笑了,但声音还是显得十分急促,"天哪,总会少一点儿孤单吧。"

Second Scene —— Solitude

## 黑暗中的秘密

休伦街（Huron Street）的尽头还是一样的光景，灰褐色的楼房、急诊室和精神病院。房东太太正在跟警官讲话，她很好奇，盼着警官能透露点儿缘由。警官把下巴靠在手肘上休息，从他高高的座椅上倾身过来望着隔离窗外的房东太太，什么都没说。噢，好像只有一句："不知道，有些人就会这样，莫名其妙觉得害怕。"

那位房客来到巴尔莫夫人位于休伦街的出租屋时，正值仲春时节，他个头不高，很壮实，紧绷的脸上戳着一对小眼睛。他说他叫约瑟夫·克劳馥，他每周花费5美元租下了一间12平米大小的屋子，在第三层楼长长的昏暗走廊的尽头。订房第二天他就搬了过来，巴尔莫夫人看见他拖着一只褪色的大箱子。当天相安无事。

第二天一早，巴尔莫夫人进屋打扫房间时，发现这位先生屋里的摆设与众不同。屋子里有四盏煤油灯，放在四张摇摇晃晃的小方桌上，支在屋子的四个角落。屋子的正当中吊着一个巨大的灯泡，看来是新安上去的。巴尔莫夫人默默地记下这些东西，并没有跟谁讲。出来独自租一间屋子当作家的人总有些特别之处，不用大惊小怪。

然而，一周以后，巴尔莫夫人还是忍不住跟他开了口。

"您整晚都亮着灯，虽然对此我没有异议，但电费账单确实增加不少。"

男人承认巴尔莫夫人说得有理，并且同意每周多付1美元来补偿通宵

第二幕 —— 孤独者

## Second Scene — Solitude

照明的花费。

仍然相安无事。但巴尔莫夫人却因为这件事胡思乱想起来,对我们住在三楼的这位房客也越来越好奇。二楼的日本女艺人和一楼总是穿着华美长袍的中年女人都不再吸引巴尔莫夫人的兴趣,她的眼中只有三楼通宵燃着四盏煤油灯和一盏大电灯的男人。

有时候,巴尔莫夫人也会担心这男人是那种先锋的行为艺术实验者,整天突发奇想,胡搞瞎搞,说不定一不小心这房子会被他点着吧。

直到一天夜里,巴尔莫夫人的担忧终于化解了。她走过三楼阴暗的走廊,发现他的房间门开着,房间里涌出明快的、带有节日气息的光线,巴尔莫夫人决定去打个招呼。她的房客坐在椅子上读书,被四盏明亮的煤油灯环绕着。没有其他异样,大概是他视力不好吧。巴尔莫夫人闲扯了几句,关于毛巾、交通和天气,就道了晚安离开。

那之后,巴尔莫夫人常常注意到他的门开着,这在出租屋里并不少见,房客们觉得孤单的时候会打开门,给那狭小的方格子留个出口,没什么奇怪的。然而,又有一天晚上,巴尔莫夫人跟这位房客站在他房间里聊天,她心里却隐隐升起不安,在进门打招呼之前她便开始有这种感觉。克劳馥先生正对着坐在一扇折叠门前,门上挂着布帘子。这是巴尔莫夫人自己骄傲的发明,帘子后头的折叠门上她装了不少衣钩,改装成了衣柜。

巴尔莫夫人发现自己说话的同时,克劳馥先生一直盯着布帘,神色十分紧张。第二天清早打扫房间时,巴尔莫夫人特意掀开帘子看了看,只有一顶旧草帽、一件破大衣、一些洗得发白的衬衫挂在那里。只是那扇折叠门不但被锁上了,而且还钉上了几根木封条。

两个月后,巴尔莫夫人又有所发现,与四盏煤油灯、大灯泡和布帘子有关。可这发现也只是徒增烦恼,让一切看上去更加神秘,搅得房东太太脑袋发昏。

她多次偷偷瞄到克劳馥先生晚上开着门坐在房间里，目光落在布帘上，几个小时就这么坐着，脸绷成一块灰色的大理石。他的小眼睛瞪得老大，身体微微前屈，似乎很僵硬。不过，还是无事发生。

最后，巴尔莫夫人不得不表达意见。她不喜欢克劳馥先生，看见他坐在一间极其明亮的房间里一动不动盯着布帘子，好像那后边藏着什么秘密，然而，除了帽子、外套、衬衫，别无他物，她每天早晨都会确认一遍。这让巴尔莫夫人觉得紧张。

可这位房客按时付租，每天早晨离开，晚上8点准时回来。他是位理想的租客——当然，这个世界上并不存在理想租客，巴尔莫夫人还是受不了他屋子里明亮的光线和他看门帘的动作。巴尔莫夫人开始感到害怕。

尖叫声偶尔会打破出租屋的宁静。这天晚上，已经过了午夜2点，巴尔莫夫人醒了。黑暗的空间里嘈杂一片，有个男人的尖叫声。

巴尔莫夫人穿上衣服，叫来楼管。她很清楚尖叫声从哪儿传来，有些房客也被吵醒，站在门口，带着困意和惊慌的表情打望着。巴尔莫夫人与楼管员冲到三层的尽头，果然是克劳馥先生在叫。

楼管一下就拧开了门，没锁，一片明亮的光线中，克劳馥先生站在布帘前面大叫着。他的手臂好像在抵抗什么强大的东西，扭曲着，双手紧紧抓住布帘。克劳馥先生一边高声尖叫，一边疯狂地把布帘从挂杆上撕下来。布帘整个落下来，克劳馥也如土委地。帘子后面的折叠门整个露出来，挂着衣钩，上面仍然只有旧草帽、破大衣和衬衫。

巴尔莫夫人对警官说："你看，他害怕黑暗里的什么东西。那布帘一直让他受惊吓。但医生什么也查不出来，只说克劳馥先生可能心里有秘密，那才是让他发疯的原因。他们只知道克劳馥之前当过水手。"

Second Scene —— Solitude

# 同是街头沦落人

那乞丐坐在大楼前边的人行道上，手臂向前伸出，一脸乞求的神情——我不喜欢他。他把那条正常的腿也用布盖住，给人一种双腿残疾的假象，令人生厌恶；他的手毫不客气地伸过来，眼中袒露着他的虚弱和悲惨，这也让我很不舒服。

他完全是个放肆又工于心计的无赖，一个恶魔心理学家。人们为什么要往他摆在地上的帽子里扔钱？啊，因为一旦你看到这乞丐的不幸境遇，你难免会做一点设身处地的想象，于是你赶紧为无常命运里自身的幻影扔下一枚钱币；因为这个乞丐的身上散发着一种诡异的错觉，权力是错的，实力是邪恶的，财富是肮脏的。强势、富足且有影响力的人是无法进入天堂的。于是，乞丐在一瞬间成为了骇人的完美象征，看着他，你会发自内心地想要道歉，你为自己有健全的双腿、口袋里有钱、内心充满希望而感到羞耻。你扔给他一枚钱币，似乎是为没有承受不幸的自己买下一块暂时的赦免令，于是，你的高贵幸福被这位乞丐宽宥了。

我不喜欢乞丐苦苦哀求的样子，然而，躲过他之后，想起他精明的表情和把戏，我突然开始对他产生了兴趣。我玩起了概念游戏，开始把他视作一位充满智慧又一往直前的愤青。

乞丐了解我这样的人，以及我们撒过的谎。我对他来说，就是川流不息的羊群中他要捕获的那一只。多年以来，他磨砺出一套完美的狩猎方法。他坐在人行道上等我,手里陈旧的木棍每一下都敲击在我的心上,脚边的尼龙口袋好像要把我整个吸进去,那上面貌似用庄重的字体写着:"穷人掌管着天国。"

我停下脚步时,他忍住微笑,随着一枚钱币掉入帽子的叮当声,他的脸上闪过一丝满足的热情。我们骄傲地为着长久的理想奋斗,成为大众的一员,相信可以用法律判断过失与罪行,而非依靠"直觉"。于是,在长达数个世纪的时间里,终于有某种完美的"人"的概念诞生。这完美的"人"代表了去除掉野心、欲望、贪婪、空想和好奇的理想中的个体。这完美的"人"是大众在法律与传统的镜子里瞥见的自己高尚的倒影。

这倒影引人深思。受过教育的人在凝视这倒影时,不免心生喜悦;热心肠的民众窥到生活在这完美之"人"的血管里有礼有节地缓缓流动,也难免会满足地颤抖。

然而,街头的乞丐懂得更多。他们的身体不完整,心思更邪恶,坐在大楼前,挥舞着木棍和尼龙口袋,似乎要向我戳过来。我赶紧扔下钱,逃也似的走开了。我讨厌他。

离开他之后,我竟然对他生出一种伙伴般的亲密感,这位讽刺大师身上有着某种与我相同的东西。人们见到乞丐,便羞愧于自己的强壮、健全、富足、快乐,羞愧于获得不少顺水推舟的卑微幸福,羞愧于自己之成为自己。他们的羞愧源自恐惧。乞丐的出现让他们突然感到了怀疑,他们在担心灾厄与不幸可能在某一天占据自己的生活,把自己拉到跟乞丐一般的境地。这样想着,人们对这个生产出乞丐的社会感到极为愤怒,不是因为社会生产出了眼下这位乞丐,而是社会生产出了他们自己某天成为乞丐的可能性。于是,人们意识到自己对这位乞丐的境遇也负有责任——社会由他们组成,人们掏出腰包求得一点宽恕,一点安心。噢吼!看看他们投

## Second Scene —— Solitude

向乞丐的眼神吧，男人女人都像是在乞求他别再用木棍追打自己。他们央求乞丐放过他们，别再用眼神尾随，丢下一枚钱币似乎就可以湮灭掉这个身影。钱币消除了他的不幸，中和了贫穷。就在那一瞬，耳畔的嘈杂戛然而止，男男女女又重归幸福的日常，仿佛给自己的精神加上了一道保险。

写得越多，我就愈加喜欢上这位乞丐先生了，他挥舞着木棍，鞭挞着每个人心里那个完美的"人"。然而，我又突然想起了另一位坐轮椅的人，他皮肤苍白，双腿残疾。某天晚上我在北克拉克街（North Clark Street）遇到他，路灯的光洒在人行道上，两边门廊里有人进进出出。这人坐在轮椅上，腿上搭着块板子，上边摆满了各式小商品：纽扣、铅笔、鞋带、蜡烛、袜子等等。板子前边还挂着一个木牌，写着："吉姆商店，走过路过莫错过。"

我突然想起这个人，有点儿兴奋。当时我走过他身边，什么都没买，大概 5 天之后我又想起了他的脸。他看起来气色不太好，眼窝塌陷，眼神却灼人。嘴唇没多少血色，枯木似的手指在板子上的商品中间倒弄着。他很年轻，声音还带着一点英雄气概。"吉姆商店——快来买——"上帝，多么好的广告语。然而，他身上散发着一种奇怪的感伤，那是满脸哀求的一条腿乞丐大师所没有的感伤。

我不喜欢玩世不恭的人，我更推崇吉姆。我喜欢吉姆灼人的眼神，他干瘦的手，虚弱的身体，还有他的商店。路灯灭了，他还要坚持前行。他坐在轮椅上，死神的乌鸦在他肩头张望，他眼里的绝望在呼喊——"来买点东西吧，再撑一会儿，我不会放弃，再撑一周、一个月，我不会放弃。我还在，别管我将死的躯壳，生意照常做，照常做呵，来买点儿东西吧。"

但我从没给过吉姆一个子儿。我经过他的商店，看见他的招牌，他卖的东西我全都不想买。而那一条腿的乞丐却讪笑着贩卖宽恕，我们又怎能拒绝？

第二幕 —— 孤独者

# 质疑者

傍晚时分。再过个把小时，城市的摩天大楼就该人去楼空了，此刻逛街购物的人也纷纷开始往家里走，心中挂念着晚饭。

密歇根大街和亚当大街的十字路口拐角处站着一个人，不知不觉地引起了路人的兴趣。他穿着破烂，一脸沧桑，还有一双布满沟壑的手。他一动不动地站着，更奇怪的是，他好像并没有在注视什么东西，深不见底的眼睛似乎在躲避面前人潮熙攘的街道。

在一片祥和与温馨的大街上，他僵直的身影让人想到在沙龙的高谈阔论中不发一语的失态行为。正要赶去火车站的记者先生停住脚，点燃烟斗，不经意间看到了这位雕塑般的怪人。

记者注意到，这个站立不动的人似乎在等待着什么东西的突然降临，他深邃的目光在宣告："我们已知晓答案。"还有别的印象也让记者产生了兴趣，有那么一会儿，这位不动先生像是人流中的一座模糊的孤岛；又有那么一会儿，他的形象膨胀了无数倍，好像一个伟大的存在，正俯视着脚下模糊的众生。这无疑是因为他一动不动地站着，而且没有注视任何东西。

"我能借个火吗？"

男人声音很低沉，有点沙哑。他掏出烟斗，记者找给他一根火柴。啊，无公害又无意义的职业好奇心作祟哟，记者感到自己应该提点问

## Second Scene —— Solitude

题,虽然已是下班时间,但就像去看电影的警察依然枪不离身一样,记者也随时带着他的问题。

"在看风景?"

男人点着烟斗,缓缓点了点头。动作好慢,仿佛这个答案会造成什么令人担忧的严重影响。

"我也挺爱这样做。"记者如此暗示道,"我刚看了朱尼厄斯·伍德[1]写的关于比尔·沙托夫的文章,沙托夫是现在世界产业劳工组织的头头。比尔说他最怀念的事就是芝加哥街道上的人潮。你读过吗?"

这真是厚着脸皮问的,因为这人看起来比较左派,比尔·沙托夫应该能够打开话题。然而,男人只是摆了摆头说:"不,我不太看报纸。"

男人的冷漠开始慢慢褪去,他好像习惯了记者的存在,一种非都市日常的相处方式。一段时间的沉默之后,他稍稍挥动拿烟斗的手,对记者说:

"人真多哈!"

记者点头,他又说:

"他们要去哪儿?"

这不仅是个问题,更像是愤怒的质疑。深邃的眼睛闪着光。

"我也很奇怪。"记者说。这位同伴仍然以古怪的目空一切的方式站在那里,又说道:

"他们也目空一切,哈?走得那么急,是吧?火烧眉毛了吗?"

记者表示同意:"那你去哪儿?"

---

1. 朱尼厄斯·伍德(Junius B. Wood):《芝加哥每日新闻报》记者,20 世纪 20 年代生活在莫斯科,进行当地相关报道。

第二幕 ── 孤独者

Second Scene ---- Solitude

"不知道,我哪儿也不去,就站在这儿,你瞧。"

沉默。不动先生在记者眼中越来越古怪,好像带着某种明确的冷酷的嘲讽。他是在用目空一切的眼睛质疑着街上的人群。为什么?因为他"没有目的地",靠近点观察的话,你会发现他眼里的不屑和嘴角的轻蔑。

现在懂了,他就是一位质疑者。他质疑着无人质疑之物——大厦、人流和窗户。而在他身上藏着某些答案。

"你为什么跟我聊天?"

记者面对这突然的质疑,善意地笑了。

"噢,不知道,我看见你站在那里不动,跟别人很不一样。有些好奇,你懂的。于是想要打个招呼。"

"有趣。"不动先生说。

"我猜你刚来这里吧,很陌生?"

这个问题不动先生回答了:"是的,陌生人。陌生人,完全正确。你说得不错。"

不动先生笑了,笑容在他脸上显得非常不合时宜,让人觉得他之前的表情是十分痛苦扭曲的。

"你觉得这里如何?"记者接着问。

"这里?觉得?我不愿意去想。我只看。陌生人不用思考,不是吗?那是你该考虑的问题。"

"你什么时候来的?"

"什么时候?噢,中午,中午坐火车来的。好了,别跟我闲聊,我不闲聊。"

再问不出什么东西了,质疑者只剩下问题。他停了停,继续说:

"你见过这样的人群吗?这么着急?嗯!好一座城!那里以前有一家

## Second Scene —— Solitude

酒店吧。"

"惠灵顿酒店？"

"是的。刚路过时没有见到。"

"已经被拆了。"

深邃的眼睛突然眯了一下，不动先生叹了口气，肩膀似乎放松了，他的脸渐渐显出生气。不动先生终于迈步走开了，越走越快，只留下记者一个人站在街边。

记者望着他离去的背影出神，突然有人拍拍他的肩膀。记者转过身，原来是警局的麦克劳林专员。专员若有所思地揉了揉下巴，微笑着问：

"你认识他？"

"谁？不，偶然撞见的，怎么了？"

"你应该能从他身上问出点故事啊。"专员笑道，"那是乔治·库克，服刑14年，刚从监狱放出来。那案件当时挺轰动的，他在惠灵顿酒店里杀了人。不过，那案子发生时你应该还没入行。他中午刚刚回到芝加哥。"

"我在监视他。"他说完，加快了脚步，消失于人流中。

第二幕 —— 孤独者

# 草地上的人

当你吃完晚饭，坐在阳台小憩时，有时会发现别的阳台上也坐着人，又或是坐在门前的台阶上，躺在公园的草坪上。甚至在撩开窗帘向外张望的一瞬间，都可能有同样的遭遇——你不是一个人。

没事时走在街上，环顾四周，都是跟你一样闲逛的人。不管是剧场还是教堂都挤满了不可回避的他者，好像你自己的多重影像。也许你和记者先生此刻所想的一致，城市正如一面巨大的碎镜，反射出千万个"我"的倒影。

记者先生想据此构思故事："如果能找到合适的背景、合适的人物和事件来表现这个主题，会很棒吧。"

于是，想着倒映着自己影像的城市，记者先生愈发激动起来。可等到夜里坐在卧室的打字机旁，他却写不出一个字。本以为自己窥到了城市的秘密，正要写时，这秘密却悄悄溜走，脑中空空如也。记者先生靠在卧室窗户旁向外望，黑暗中的电线杆像是五线谱上的巨型音符。他想，无法讲明白的想法实在无用，把城市和镜子联系起来并不能解开那些街道和人群的秘密，因为你无法回答接下来的问题："那镜中的我的倒影是谁？而我又是谁呢？我究竟因何存在？"

记者先生最终决定把他的故事放一放，至少先等待某个具体的东西冒出头来。第二天，他沿着密歇根大街散步时，那个镜子的隐喻却跟撵也撵

## Second Scene —— Solitude

不走的流浪汉似的紧随着他。他焦急地张望着,在每一张经过的脸上、双眼中寻找打动他的"与众不同"的东西。

记者先生想用这样的句子开始他的故事——人哪,是这样这样的;城市,是那样那样的;每个人都感到如此如此。无论你是谁,无论栖居何处,无论做何营生,都无法洗去城市打在身上的烙印。

时钟走过7点,密歇根大街上回家的人潮开始来去逡巡,人们时不时瞅几眼商店橱窗,终于悠闲下来。看不见太阳,街上却还亮着,鸡尾酒般缤纷的霞光从被高楼大厦遮住的地平线下面一直扯到半空。公共图书馆对面的中央公园里,人们躺在草坪上,双手交叠垫在脑后,仰望这漫天的绮丽。记者先生站在街角,抽离于人群,他数着经过密歇根大街第5根电线杆的汽车,想看看出租车和私家车哪种比较多。浑噩不觉间,他过了马路,车流被斩断了那么一瞬,之前数的数目也乱了。他在人行道上停下来,看到了草坪上休憩的人们。

和他们一起在草坪上躺了10分钟后,记者先生坐起身来,喃喃自语着:"就是这儿,就在眼前。"他坐着,眼神热切地看着旁边仰卧的人,也就是刚刚的自己。那个关于城市和镜子的想法又回来了,而现在他终于辨清自己模糊的影像,或许他的故事也有了着落。

对于记者先生来说,走到这些躺着的人身边,随便找话题聊天,并没有什么不寻常。长久以来,他就靠这个谋生——走到陌生人身边,问问题。于是,他准备问问这些躺着的人为什么躺在这儿,为什么来中央公园,为什么会都摆出一样的姿势,像田园音乐剧里的雕塑。

第一位雕塑听到这个问题很吃惊,他愣了一会儿,答道:"唔,不知道,就来公园躺着了。"第二位也茫然地摇摇头。记者先生又问了一个,第三位雕塑笑了笑,说:"噢,没事干,而且草地能让你放松呀。"

## 第二幕 —— 孤独者

记者先生就这样又问了一些人,听了一些不知所谓的回答。他终于厌倦了,回到最初躺下的地方继续仰面看天。半小时,完全放空,之后,他站起身,拍掉泥土和草屑,离开了。一边走,他一边看着草坪上散落的雕塑们。公园里的街灯亮了,希腊风格的喷泉开始喷涌,旁边的街道像点缀着脚灯的舞台。

"这些人真有意思,"记者先生边走边想,"他们以相同的姿势躺着,看着同一片云,大概也应该在想同一件事。我刚刚在想什么?什么也没想。"

记者先生的眼睛突然亮了起来。

"我在等待,他们大概也是吧。"

记者先生释然地看着街上来去的人流。原来如此。他找到了那个合适的词——"等待"。每个人都在等待。夜里的露台,门前的台阶,公园里,剧场里,教堂里,商店里,男人女人都在等待。中央公园草坪上的人也一样。唯一的区别是,草地上的人们在这一刻厌倦了持续忙碌的伪装。他们伸展身体,眼望天空,用最放松的姿势继续等待。

想到这一切,记者先生有些激动。密歇根大街上的每一个人似乎都符合他的理论,这让他振奋。他觉得自己发现了生活的真理,囊括一切。这不就是他想找的故事背景吗?等待,是的,所有人都在等待,因此,他们如此相似。这也是为什么房子看起来都相似,这个走路的人跟那个相似,躺在草地上的人们像是孪生兄弟。

记者先生回到自己的卧室又开始写,然而才写一丁点儿又停下了。跟之前一样,那秘密已然溜走。他刚好写到人们在等待什么,却想不出任何答案。草地上的人在等什么?街上的呢?露台和石阶上的呢?那都是他的影像,"等待的影像"。那么问题的答案其实在他的心中,记者先生,你在

## Second Scene —— Solitude

等待什么呢?

记者先生咬住铅笔头。"虚无,虚无,是的,就是这样。他们并不是在等待具体的事,这就是生活的秘密。生活是被拉长的逐格动画,却并没有故事。算了,忘了吧。"

于是,他郁郁地望向窗外,音符似的电线杆在这位感伤主义者的脑中奏出一支惆怅绵长的曲调。

第三幕
# 明天与意外

Third Scene

Without Tomorrow

而我们的思想
像一头无形的怪兽

永远在伺机
吞噬掉生活本身

生活是一个
错综复杂的幻象

人们在
谎言编织而成的
神祇足下
缓缓步入坟墓

## 拍卖师的妻子

拍卖师必须具有很强的说服力，话要多，声音要洪亮，既有表现强势的尖锐讽刺，又有姿态极低的蜜语甜言。顾客一眨眼、一歪头中流露出来的贪欲信号纵然微弱，也逃不开拍卖师的眼睛。即便他那顺口溜一样的吹捧背后只是件一文不值的小摆设，他也要保持冷静，保持着锱铢必较的架势，像只随时准备反扑猎物的老鹰。热情只是他的面具，跟愤怒、悲伤、绝望和狂喜一样，都是销售员的道具。

除开这些，一名拍卖师还得掌握通向收藏者内心的隐秘钥匙。不管面对的收藏者是否专业，他都能够熟练使用击中收藏爱好的魔法词汇，这些话能让波斯地毯的收藏者眼睛一亮，同样，收藏瓷器、邮票和年代家具的人也被点燃了，当然，还有挂毯爱好者和第一版收藏者。

"女士们先生们，请容许我占用一点儿各位专家的宝贵时间。我要介绍的这件精美的工艺品来自佛罗伦萨最著名的瓦伦蒂诺伯爵的收藏。这件做工精致的大烛台曾经照亮过无数佛罗伦萨旧时的晚宴，它的光芒流转于那个欢愉、庄严、动荡而且一去不返的时代。在开出这件无价珍宝之前，请女士们先生们再听我做一点儿简短的陈述……"

内森·勒德洛是名合格的拍卖师。他眼神锐利，一张嘴可以十二小时不停地说，嗓音有着丰富的情感变化，让人难以抗拒。

这是一个幸运的夜晚，勒德洛先生离婚了。他坐在莫里森宾馆的房

## Third Scene —— Without Tomorrow

间里，肘边放着一瓶杜松子酒，一边讲着话。话题从明朝古董花瓶的身世跳到便宜的无核小蜜橘，又说起瓷器和地毯。之后，他谈到了顾客，借着酒意，他终于讲起了他老婆。谈到老婆，就免不了要谈起他悲惨的人生故事。

"我告诉你，"勒德洛先生说，"今晚我自由了。潘法官给我，还有她，判了离婚。我想他做得没错，她有资格这样要求。说我不专一，说我残酷，这都是幌子。其实她就是不满我是个拍卖师。"

勒德洛先生叹了口气，他长长的、具有艺术气息的手指掠过那鹰一般锐利的面容，然后把额头前拜伦式的刘海往后梳了梳。

"我们四年前相识，"他回忆道，"在瓦巴什大街的拍卖行。当时正在拍卖一把摇椅，而我注意到了她，一位美丽的姑娘。一般来拍卖会的女人要么是其他拍卖行的间谍，要么是头脑发热的粉丝或者菜鸟。你知道，她们会因为兴奋而变得态度强硬，会相信你的花言巧语，在你放缓语速的时候会呼吸变沉；而当你使出'算了，算了，真的算了'的最后通牒时，她们会完全丧失理智。

"当然，她最后也没拍到那把摇椅，但她兴致不减，又来竞标一块中国地毯。我在她身上多放了点儿心思，我的话似乎对她有很大的影响力。于是我明白了，她不但是个拍卖会新手，而且是那种完全相信狗屁拍卖师的纯菜鸟。她们相信这些东方地毯来自哈里发[1]女儿的闺房，那架古董床是杜巴利夫人[2]睡过的，伊丽莎白桌布真的是伊丽莎白女王的桌布！她们傻得都有点儿浪漫了，什么都信，把所有的钱花在一堆垃圾上，你明白

---

1. 哈里发（caliph）：中世纪政教合一的阿拉伯国家和奥斯曼帝国的国家元首。
2. 杜巴利夫人：法国国王路易十五的最后一个情妇。

吗？东西本身倒不烂，自己拿来用的话可能比真货还能多用几年。"

勒德洛先生抱歉地笑了笑。"希望你不是第一次接触拍卖行业的阴暗面吧。"他说，"好了，继续讲我太太。我知道从第一天起她就被我俘获了，起初我不是特别感兴趣，然而她连续 6 天的出现挑起了我的热情。每当我讲出'我成交的哪怕是一束纸玫瑰，也是维纳斯戴过的原版'这样的段子时，她看着我的那眼神让我感觉棒极了。我想她可能是我的灵感源泉，如果她能一直在我身边，我会很快成为最巧舌如簧的拍卖师吧。

"我已经有点儿忘记我们初见的感觉了，但最终我们走到了一起。我敢发誓，她对我的温柔奉迎连比我聪明十倍、年长四十倍的男人也难以招架。于是我们结婚了，跳过了很多细枝末节。说到底，那些结婚前的各种情话、各种仪式有什么用？我们就这么结婚了，好戏才刚开始。

"起初我很难相信事情会变成这样。我是那么肯定她认同我的拍卖师身份。我当时不明白，于是犯了大错。我让她来拍卖行，让她别竞标。我把那件实价 5 美分的小玩意儿吹上了天，给它安了个身世，暗示是鲁道夫侯爵的收藏。于是，我太太像个挨了一巴掌的两岁小孩一样跑出去了。

"我不知道怎么劝她。整整一个月，我没有戳破她的幻想，让她一个劲儿买。妈的，我从没见过她那么傻的顾客。她会挑中我卖的最不值钱的货，冲昏头，拿我挣的钱给买回来。这么搞下去我会破产的。我让她保证不再去拍卖会，但我也没有十足的把握。每当我费尽口舌脱手烂货的时候，我的第六感总觉得我太太在那儿，总觉得她就是疯狂买烂货的菜鸟，总觉得我把东西卖给了自己。

"两个月的婚姻生活之后，我知道自己必须跟我太太谈一谈了。她把我赚的每个子儿都花在了拍卖会，我卖得越好她花得越多，因为她完全相信我的话。听起来很可笑，但事实就是这样。终于我开诚布公地跟她坦白

## Third Scene —— Without Tomorrow

了,我告诉她我是个怎样的骗子,嘴里句句实话,我告诉她她有多傻,买回来多少垃圾。总之,我把自己说成了世界上最大的骗子。这就是事情的导火索。今天的离婚基本是个无奈的结局,从那次坦白之后,我们再也找不到能一起干的事儿了。"

勒德洛先生悲伤地盯着杯子里剩下的杜松子酒。

"我不会再结婚,"他喃喃地说,"我做不了一个好丈夫。只有撒谎能力普通的男人才能做好丈夫。我呢?妈的,我是个拍卖师。"

第三幕 —— 明天与意外

# 飞刀维纳斯

加百利·萨维尼是个了不起的人,他以无与伦比的天赋纵横芝加哥各家马戏团,此刻他正坐在阿斯特宾馆的套间里听着留声机传出的音乐,似乎不太高兴。

"有什么意义?"了不起的萨维尼嘟囔道,"没用的,你听。"

"先生是在选表演的新配乐?"

"不,不,不,是我老婆。你听见没?她躺在地板上了。留声机里传出的音乐声背后,有个男人在数着:'一,二;一,二;一,高点儿;一,二。'我老婆就躺在地板上,顺着口令踢腿。踢起来,放下去,转过身,向前弯,又向后弯。但根本没用。"

"您太太在减肥吗,先生?"

"对!她踢腿,做滚翻,做跳跃。我说:'露西亚,你晚上那样吃,现在再怎么折腾也没用啊。我的天,看看你吃了多少!土豆蘸土豆,面包裹黄油。肉、派、奶、油、糖,简直是七宗罪!'她吃啊吃啊,眼珠子都要爆出来了,胃里都没地儿塞。我老说:'露西亚,你一次吃饭的量够别人活一个月,你看看人家爱尔兰的麦克斯维尼可以半个月都不吃东西。'妈的!"

"先生,让女人停止进食是很困难的。"

"很难!哈,但她必须节制,不然我怎么办,让我这个拿过两百多块

## Third Scene —— Without Tomorrow

奖牌的了不起的萨维尼怎么办?你看!我给你瞧他们在书里是怎么写我的。别人说,'萨维尼是这个领域的第一人','他是天才,他的技巧出神入化'。太太再这么胖下去,我可怎么办?你听这音乐,简直让我发狂。我天天坐在这儿听,都盖不住她的踢腿声,哐,哐!她躺在地上踢腿声音都震耳欲聋。啊,这是场悲剧,大悲剧!"

我沉默着点点头,了不起的萨维尼站起身,走到房间的那头,他宽厚的背影穿着罩袍和绿色丝质拖鞋。回来时他手里拿着一包新烟,我注意到他的手——纤细优雅的手指,像女人的手。在点烟的时候,我发现他的手指不易觉察地颤抖了一下,让我十分惊讶——了不起的加百利·萨维尼那施展魔术的手指竟然也会颤抖!

"跟你讲我的故事吧,我没跟别人说过,你可以听听。这故事是这样的。"萨维尼合上手掌,绝望地放在胸口,"我很痛苦,上帝啊,每天每夜都是折磨。为什么?因为,你听呐,她在那儿踢踢踢。我坐在这儿琢磨什么时候才是个头。她再胖个5磅,我就完了。"

"我和她相遇是在10年前。啊,那时的她多美多甜多瘦啊,像这样。"了不起的萨维尼颤抖的手指在空中勾勒出露西亚年轻曼妙的曲线。

"我对她说:'亲爱的,我的皇后,咱们应该结婚,一起演出,出名挣大钱。'她说:'好的。'于是,我们立马结了婚,开始表演。那时我们在意大利的米兰,整个蜜月期间,我仔细地研究她的体态。那工作不简单。起初我拿小粘钩朝她掷,一天要练上六七个小时。啊,我亲爱的美丽的妻子就靠着板子站着,我拿粘钩朝她丢去。她冲我笑:'勇敢点儿,萨维尼。'她眼中流露出的爱意让我心醉,使我的臂膀更加精准有力。

"于是我开始拿刀扔她。我买了最好、最漂亮的飞刀,是专门为她定制的。我老婆的一根头发都不能被伤着。我们拿刀练习。那时我已经小有名气，意大利人都知道萨维尼，最好的飞刀手。他们说：'没有哪个年轻人像他那样对飞刀有如此的天赋。'而我才刚刚开始。

"我们的首秀获得满堂彩。那是极大的成功，天哪，场子跟点着了一样。观众站起来欢呼。萨维尼，萨维尼，他们喊着我的名字。我的挚爱靠在转板上，精美的刀刃紧贴着她的曲线，相差不过毫厘，甚至在耳朵和脖子的地方能看出人一身冷汗。她也走下来，全场为萨维尼欢呼，了不起的萨维尼。我看到她在冲我笑，多么甜蜜，那是怎样开心的时刻呀！

"我们继续表演。因为一直保持联系，我很快把露西亚的轮廓熟稔于心，蒙着眼睛也能丢准，每次飞刀与皮肤之间只容得下一根头发。我用飞刀把她的长裙钉在板上，她展开双臂，我用飞刀织成她的衣袖。5年，不，是8年都一切顺利。我从没扎到过她。掷飞刀时我总是看着她的眼睛，她的双眼给我勇气。

"后来发生了什么？她染上了饕客七宗罪，发福啦。有天晚上，我一刀割破了她手上的皮肤，演出被迫中止。我突然崩溃，当场哭起来。看着血从我亲爱的妻子臂上流下来让我几乎要发疯。我喊道：'了不起的萨维尼怎么会犯这种错误？这不可能。'于是我看着她，明白了，她在长胖。我的神哪，这让我不寒而栗。我说：'露西亚，我们完蛋了。你变胖了，我没办法像从前那样扔刀子，像从前研究过的那样。你变胖了，我必须改变飞刀轨迹，这根本做不到！'"

了不起的萨维尼绝望地耸起肩膀。

"那是两年前的事，"他悄声说，"我们结婚时她重150磅，又轻又美。现在她几乎有200磅重，并且还在涨。她根本不听我的。

"吃啊，吃啊，都是可怕的食物惹的祸。每晚表演的时候，我都在发抖，背脊凉嗖嗖的。我看着她站到转板上，又变胖了一点儿。对于你来

Third Scene ----- Without Tomorrow

说，女人变胖可能没什么，对萨维尼来说，这就是末日。

"如今每次我扔出飞刀就闭上眼睛，我不敢再紧贴着她的轮廓下刀，但我只能硬着头皮上，8年来的精彩表演都是如此，我的艺术不能更改。

"她总有一天会后悔。是的，总有一天她会明白自己对我做了什么。我们在蜜月研究过的体态，她一直吃，一直让它变大。我扔出的刀飞过去，她已不再是露西亚，刀子会扎中她。我的神哪，刀子会扎到她的肉里去。"

"先生，那会让她得到点儿教训，不是吗？"

"她会得到教训，而我却完蛋了。观众会笑死我，他们会说：'萨维尼，了不起的萨维尼，完了。他再也扔不了飞刀啦。瞧，昨晚他扎中了自己老婆。连续两三次扎到她肉里。'天可怜见的，女人真他妈固执。

"不瞒你说，她为什么一直吃吃吃？她为什么不控制体型？因为她不再爱我，是的，她故意要毁我。"

隔壁的声音还在机械地重复着："一，二；一，二；一，再高点儿。"了不起的萨维尼一脸痛苦地拿手捂住耳朵。

Third Scene —— Without Tomorrow

# 猪

"苏菲·波帕波维奇控告安东·波帕波维奇。"书记员念道。一群被丈夫伤害的主妇站在家庭关系法庭的围栏后边等待传唤,有人因为波帕波维奇这个奇怪的名字笑出声来。

"安静!"书记员吼道。好吧,让我们安静。安东走上法庭。他到底干了什么?他一脸愤慨,仰着头,目光锐利地扫过法庭。苏菲也抽泣着走上来,还有律师,是的,苏菲请了律师。

好吧,出了什么事?波帕波维奇夫妇为什么抽出宝贵的时间来到这里?两位波帕波维奇走上由纳税人供养的法庭展开辩论,这也算是现代文明的缩影吧。

啊!原来不安分的安东去了个大型舞会,他们工会在那里搞抽奖活动。这怎么了?苏菲干吗要哭?女人真是奇怪的生物。安东像所有男人应该做的那样,带自己的妻子去参加舞会。干得很漂亮呀,安东。他的工会有组织舞会,而他老实地带上了妻子。

继续说,法官也想知道答案,到底发生了什么?你要抱怨什么?时间很宝贵,赶紧切入正题。

的确应该赶紧,人们老是在法庭上哭哭啼啼,耗上大把时间。波帕波维奇夫人请收收眼泪,直接陈诉基本事实吧。

"很好,法官大人,值得抱怨的事情是波帕波维奇先生在舞会上喝醉了。这还只是开始。"苏菲又甩出一些眼泪,终于告诉法官大人,波帕波维奇先生喝醉后花了 1 美元参加抽奖而且中奖了。

"中了什么奖品?噢,他中了一头猪。一头脖子上系着丝带的活蹦乱窜的小猪。"苏菲接着说,她和安东结婚已经 10 年,生活很幸福,她把家里操持得井井有条。他们没有孩子,那又怎么样?现在很多夫妇都没有。

安东一直老实工作,每月工资都放在信封里按时给她。直到他赢得了这头猪。你们猜他怎么着?他把猪带回了家,他不愿意把它扔在别的地方。

波帕波维奇先生的原话是:"什么?把它随便扔了?你疯了吧!这是我的猪,我赢回来了,它就该跟着我回家。"

"后来?那是大半夜,法官大人。安东把猪背上楼,带进屋里,但家里根本没地方安置。公寓里怎么养猪,你说是不是,法官大人?这头猪不喜欢地毯,你也一定没听说过有猪会喜欢硬木地板吧?猪就是猪,它就喜欢滚泥坑。

"所以,法官大人,安东把那东西放进了浴缸。整个晚上他跑上跑下,把一桶桶的泥灰从巷子里搬上来。泥土、煤灰,加上更多的泥土。那头猪哼哼唧唧想逃出浴缸,声音极大,我根本没法睡觉。安东对着小猪说:'小宝贝,马上你就舒服了,小猪乖乖。'

"他把泥灰放进浴缸,又倒进水,嘴里又叨叨起来:'好了,小猪乖乖,看你的小泥坑怎么样,多舒服啊。'您想想吧,法官大人,一浴缸的泥浆!那猪倒是开心地睡起觉来,他就坐在浴室守了它一夜,他跟我说:'看见没,它睡着了,这里就像它的家一样。'

"第二天安东要上班,好吧,他去上他的班,但他嘱咐不许任何人碰他的猪。猪必须待在浴缸里,他晚上回来要见到它。

## Third Scene —— Without Tomorrow

"好吧,那天猪都待在浴缸里,法官大人,依照安东的指示。但是今天是最后一天,明天它必须死。

"安东一回家就钻进了浴室,他看着猪,抱怨泥水都干掉了,怎么没人照顾它,照顾他该死的猪。他运来更多的泥灰和水,那头猪一直想往外爬,泥水溅得满浴室都是。

"一天过去,又是一天,第三天也挨过去了。安东会允许人杀他的猪吗?你去试试吧,他非得拧断你脖子不可。但是,法官大人,波帕波维奇夫人把猪杀了。多么可怕的场景,不是吗?在浴缸里杀死一头哼哼唧唧乱甩泥水的猪。

"安东回家发现他的猪被杀了,我的天!他打了他老婆,法官大人,照脸打的。他把自己相爱10年的妻子推倒在地上,狂吼着:'你杀了我的小猪,你这个疯婆娘,老子要你好看!'

"简直是在邻居面前丢人现眼!幸好我们没有孩子,法官大人。结婚10年,膝下无子,这时候倒成了件幸运事,不然只会更丢人。邻居们冲进屋,把他从他老婆身边拉开。她的眼睛已经乌青,鼻血长流。这就是整件事的经过,法官大人。"

安东·波帕波维奇先生的案子很棘手,事实明摆着。"上前来,安东·波帕波维奇,你有什么要说的。你是不是打她?是不是你做的?你有没有感到羞愧,是否愿意向她道歉,恳求她原谅?"

"走上前跟法官说说吧,安东。但得谨慎点,波帕波维奇夫人请了律师。"

好了,安东走过来,他不断地点头。"这是干吗?为什么要点头?一切都如你老婆所言吗,安东?"安东鼓了鼓腮帮子,拿那双工人阶级的手往嘴上一抹。"想想吧,难道你应该对爱你的妻子拳脚相加?你忘了是谁整天给你洗衣做饭?而且没有小屁孩儿来烦你,一个都没有,你却打了她。这是男人该做的吗?难道你不爱她吗?爱……好吧,那你为什么要这样做?"

安东心头像被重重一击,抬起头,他说:"因为她杀了我的猪。您忘了吗,法官大人?她承认是她杀的。我把猪仔放进浴缸,给它铺好泥,她却杀了它。"

"你因为这个就打你的妻子,甚至差点要她的命?"

"是的。"安东回答他。

"那好,为什么呢?告诉法官,你为什么对一头猪情有独钟,安东。"

是啊,安东·波帕波维奇,告诉法官你为什么这么喜爱这头猪,还为它在浴缸里弄了个家。在工厂站着做工的时候,你怎么脑中还想着它?你急匆匆跑回家看它,喂它吃东西,守着它,还叫它"小猪乖乖"。为什么?

只有天知道。安东·波帕波维奇自己无法解释。这成了我们城市的众多秘密之一,法官大人。下一个案子,把安东·波帕波维奇暂时拘留。也许那是因为……算了,一切都结束了。安东·波帕波维奇叹息着,用控诉的眼神看着他老婆苏菲,那眼神暗示着某些台面之下的证据。

## 伤心纸条

詹·佩德洛斯基昨晚回到家,发现妻子离家出走了。做好的晚餐放在桌上,盘子下边压着一张给詹的纸条。上边用波兰文写着:

我累了,受够了。
你总是抱怨个不停,这种生活我无法再忍受。
我离开对你也有好处。

波拉

詹吃完晚餐后就穿衣出门,来到芝加哥西大街(West Chicago Avenue)的警局。警官似乎在忙,詹耐心地等了好一会儿。然后,他走上前向警官报告:"我妻子离家出走了,我要把她抓回来。"

警官没有表现出丝毫的同情,他让詹回家等着,搞不好他老婆已经自己回家去了。如果她不回来,詹可以选择离婚。

"我不想离婚,我想把她抓回来。"詹说。

没办法,詹还是只有回家去,不吃不睡满大街乱找也无济于事,再说他明天还得出庭。房东给他下了一张正式通告让他搬走,好几个月不付房租确实把人惹急了。

第三幕 —— 明天与意外

## Third Scene —— Without Tomorrow

回家之前,詹找做焊工的工头请了两小时假,当然,时薪得从工资里扣除。他明天可以 7 点来上班,工作到 9 点半去法庭,也许 11 点半左右就能回来。

詹早早爬上床准备睡觉,他把老婆留给他的纸条放在外衣口袋里,因为他有种模糊的预感,也许某天这证据能派上用场。也许,会有人看过他的纸条后向他提供帮助。

詹离开工地去法庭的时候天正下着雪。他好不容易来到城市法院大厅,却被人流穿梭的几部电梯给搞懵了。时间已经不早,他只有两个小时假,于是詹决定找人问问怎么才能到他要去的那间。

"巴拉斯法官在第 8 层。"有人告诉他。

他进了房间,里边坐着不少人,詹找了个地儿坐下来,他跟那些人一个样——呆滞、漠然,像是在等火车的旅客。

詹很担心,他只有两个小时。如果老轮不到他,他会迟到的。工头肯定会发飙,说不定还会开除他。工作很难找,他等了 5 周才有这份工作,下一份可能要等得更久。

还好他们叫了詹·佩德洛斯基,他走到审判席前,一开始他很紧张,有点害怕。站在法官面前总是让人心里发憷的,不过他很快就放松下来,审判席上的人看上去都温和又专业。律师说:

"他已经欠下了两个月房租。11 月的 18 美元,12 月的 27.5 美元。"

"你能付清吗?"法官问。

詹看着法官大人,眼神闪烁,他在想应该说点什么,可脑子里挥之不去全是那一句——"我妻子波拉昨晚离家出走了。您看,我回家就看到了她给我留的纸条。"

"好吧,"法官说,"那房租呢?我给你宽限到 1 月 10 号吧,到时你能还清吗?"

"我不知道。"詹揉揉眼睛说。"我现在有工作,新年过后他们就会给我发工资。只要我有工作就能付得清,我现在可以先付 10 美元。"

"你带在身上了吗?"法官问。

詹说:"我带了,本来我想给波拉买个圣诞礼物,但她跑了。"

詹交出 10 美元,法官又重申了一次必须在 1 月 10 号之前付清余款,便让他离开。詹还没走出门就心急地戴上帽子,惹得庭监大喊:"法庭上不许着帽。"詹赶紧把帽子摘下捏在手里,红着脸夺门而出。

一看表,还有一个半小时,詹没料到会这么快,他朝工地走去。天很冷,下过雪的街道很滑,詹把手插在外衣口袋里小心地走着,呵出的水汽在他长长的胡须上凝成白霜。

詹的眼神坚定,表情十分严肃,他脑子里的想法很简单——房租、波拉、工作,也许还有圣诞节。他像每一个芝加哥人一样,在人生的循环跑道上缓缓前行。

詹一直逛到了昆西和拉塞尔大街(Quincy and La Salle Streets)。他停下来打量四周,雪越下越大,他一动不动地站着,像个雕塑。实在是没什么事干,詹又拿出波拉压在盘子下的纸条读起来。

詹把纸条折好,继续走,突然他眼睛一亮,转身边跑边喊:"波拉,波拉!"几个行人停住脚步,看着这个胡子拉碴的邋遢男人发疯似的跑过去。

这时候路上车很多,要过街不容易,但詹努力地往前蹿,他的外套被风吹得啪啪响,两只脚恨不得一起朝前迈。一个穿廉价皮草的年轻姑娘转过头来瞅着他,当然,有许多人都停下来打量詹,不过,只有这位女士的脸上没有任何笑容。

## Third Scene —— Without Tomorrow

她愣了那么几秒钟,之后就转身消失在人群中。她步子很快,眼神有点儿焦急。詹笨拙地朝街沿跑过来,嘴里大喊:"波拉,波拉!"结果被水泥街沿挂住了脚,脸朝下狠狠摔在了地上。

一些人围过来帮詹站起身。他的下巴血直流,双手也被擦伤。不过还好看样子没什么大碍,他只是傻傻地站着,望着刚刚那个女人消失的方向。

一位警察走过来,热切地询问发生了什么事。詹僵硬地拍拍身上的泥,回答道:"没事,我只是摔了一跤。"警察走了,詹扭头准备搭乘前往密尔沃基大道(Milwaukee Avenue)的公交车。

他站在街角等车,手指不停地揉下巴。车半天不来,他有些不耐烦。于是,他又从口袋里掏出那纸条,这回他没有读,捏了一会儿便撕起来。

车来了,詹还在撕个没完。他粗大的手指徒劳地想把那些已经散碎的纸片撕得更小。

第三幕 —— 明天与意外

# 锡巴里斯式的葬礼[1]

他们穷了一辈子。隔壁邻居都纳闷:"真不知道西科拉一家是怎么熬过来的。"

他们住在一栋破旧公寓里,四个阴暗的房间,三个吵闹的孩子。孩子们把瓦班西亚大街(Wabansia Avenue)当作游乐场,以躲避马车和汽车为乐,鞋子当然弄得一团糟,但至少躲车的能力大大提升了。

邻居说:"老西科拉先生一直有重病,不知他们从哪儿弄到钱请医生的。"

老西科拉先生其实年纪并不大,只是贫穷和繁重的园艺劳动让他看起来十分沧桑,他被送进了州立医院。几个孩子们继续没事躲车玩儿,西科拉夫人则一周外出三天做洗衣工。送奶工和杂货店老板常常带着歉意来西科拉家讨钱,小本生意不容易,他们也要生活。

邻居继续说:"你听说了吗?昨晚老西科拉先生死在医院了。可怜的西科拉夫人,她要怎么办呢?她家一点值钱的东西都没有。"

在西科拉夫人的执意要求下,老西科拉先生的遗体被带回了家。邻居们上门来致哀,陪着西科拉夫人一起掉眼泪。放学后的孩子们则不知所措地盯着墙壁。有人开口问:"打算怎么处理后事,西科拉夫人?"

---

1. 锡巴里斯(Sybaris)是古希腊时期位于意大利南部的一座重要港口,商业活动频繁,人民极为富有,以享乐主义闻名一时。锡巴里斯式的葬礼意指葬礼场面十分铺张奢华。

## Third Scene —— Without Tomorrow

"噢,"西科拉夫人说,"我们要举行一场像样的葬礼。"

他们有一张价值 500 美元的保单,西科拉一家咬紧牙关,每期交出 10 美元,把它续着。西科拉夫人拿着保单去找她的一位洗衣主顾,这位先生在做房屋中介生意。

"我需要一些钱为我先生打发后事,"她说,"他昨晚死在医院。"

她眼睛红红的,穿着一身黑。房屋中介问她:"你想要多少?"

西科拉夫人做了一番解释,中介给了她 400 美元,她揣着钱上了殡仪馆。她因为长久哭泣而发红的眼睛此时正盯着殡仪馆里豪华的陈设。巨大的花瓶里插着颀长的棕榈叶,长毛绒椅子和宽阔的客座沙发相得益彰,精致的桃花心木书桌旁边放着一只黄灿灿的铜制痰盂。西科拉夫人看到这华美的一切,心情十分激动。

丧葬承办员此时走进来,西科拉夫人向他说明了来意。

邻居又问我:"你会去西科拉先生的葬礼吗?一定会很阔气。我昨天接到了邀请。"

瓦班西亚大街上挤满了车辆,热闹非凡。西科拉家数不清的亲戚们乘汽车到来,他们惊奇地从豪华轿车的窗口向外探望,好像是在从全新的角度观察世界。邻居们也都来了,打扮得比亲戚们还亮眼。每个人都穿着星期天的艳丽衣服,那些没有被邀请的倒霉蛋只能从窗户探出头来,嫉妒地打量这里的一切。

15 人组成的乐队非常气派,还有辆车里堆满了鲜花,甚至溢出了车外。乐队停在西科拉家公寓前,准确地说,是停在大楼前,因为他们家的公寓在大楼后边。西科拉夫人不想让乐队停在后巷,那样无法满足瓦班西亚大街上众多嫉妒的目光。

乐队演奏着优美而悲伤的乐曲,长短号向街道抛出一阵阵微弱的震颤。乐队一停止演奏,那些探出窗外的旁观者就免不了要叹息一声。啊,多么美丽的葬礼!

此刻,在西科拉家里,四个人正围着精美的黑棺唱歌。西科拉夫人戴着厚重的面纱,一边听一边流泪。她从未听过这么美的歌声,甜美的音符有着振奋人心的力量。她哭得更伤心了,热心的人们扶住她,把她领到屋外。6个人抬着黑棺走上街道。

汽车开始纷纷启动。西科拉夫人坐在那辆装满鲜花的轿车后边,乐队忧伤的音乐给她的心注入一种温柔的喜悦。花朵的清香不断飘来,她偷偷向车外张望,送葬的车队占据了大半个街区。黑色的高级轿车里全都是诧异地向外张望的眼睛。

装鲜花的车前面是躺着西科拉先生的灵车,装饰豪华,四个轮子缓缓转动,悄无声息。司机开得很小心,生怕让这位贵重的客人感到颠簸。

送葬队伍在熙攘的街道中一点点前进。路上不少行人停下来打量这长长的仪仗,同时被穿透了嘈杂喧哗的音乐声所吸引。

阳光洒在墓地上,精美的黑棺消失在人们的视线中。15位乐手开始演奏,西科拉夫人又落下新的眼泪。热心人把她扶回轿车,她轻轻叹息了一声,闭上眼靠在座椅上。音乐继续,轿车缓缓开动的时候,她又哭了。这一切就像场梦,陌生得像是从别处读到的故事。

"你最近知道西科拉夫人的消息吗?"那些在瓦班西亚大街上投下羡慕眼光的人问。这位邻居愤慨地哼了一声:"她把保单换来的所有的钱都花在了这场疯狂的葬礼上。你还不知道吗?少年法庭准备剥夺她对孩子们的监护权,因为她无力负担。法庭的人昨天来看她,她欠了一屁股账,好多人追着她讨。她在这葬礼上花了差不多2000美元呢!吓死人!"

Third Scene ----- Without Tomorrow

西科拉夫人哭着向少年法庭的官员解释:"我男人死了,我把钱花在了葬礼上。这不是为我自己啊,是为他花的。"

一切都会好起来的。而当西科拉夫人在洗衣服洗得背痛时,她终于可以回想那天坐在豪华轿车里,音乐动听、花朵馨香的情形。

## 皮茨拉父子

"他的名字？"费奥多·米什金说，"嗯！你总是要知道名字。生活难道就是一串名字和地址，没有别的东西了吗？"

"但有名字的故事会比较好啊，费奥多。"身材圆胖，感觉什么都懂的西区记者用俄语自顾自地说。

"更好！为什么更好？如果我告诉你他的名字叫克尔或者巴瑞拉或者查杜威特而不是皮茨拉，你觉得有什么区别？"

"没有。我们别纠结这个啦。我就把他叫作查克尔吧。"

"你竟然叫他查克尔！为什么？他的名字叫皮茨拉，不是查克尔。"

"谢谢你。"

"你随便到麦斯威尔街（Maxwell Street）上打听有没有人认识皮茨拉，大家肯定会说：'认不认识皮茨拉？我们跟皮茨拉熟着呢。'如果你不把他称作皮茨拉，怎么能问出东西呢？"

"当然，费奥多。我真是不该这么想。"

"的确。在你打断我之前，我想跟你说的是这位皮茨拉老爷子已经110岁了。你能想象人活到110岁吗？110岁的活人可不常见，不是吗？"

"是的，费奥多。但我认识一位113岁的老人家。"

Third Scene —— Without Tomorrow

"哈！那人怎么样？他也能跳吉格舞[1]？他能用牙咬核桃？他能大口大口喝酒？"

"不能，那么大年纪，他很衰弱。"

"你瞧！衰弱的老人。那他怎能跟皮茨拉相比？完全不同。皮茨拉整天笑个不停，能跳吉格舞，用牙咬核桃。不骗你，110岁的老人能用牙齿咬核桃！难以置信吧？"

"费奥多，这太神奇了。"

"神奇？为什么神奇？事情不按你预想的状况发展，你就觉得神奇！太幼稚了。你知道 naive 什么意思吗？这是法语词。"

"我当然知道，费奥多。继续讲皮茨拉的事吧。"

"naive 指的是年纪大了还摆脱不掉孩子气。你在某方面跟皮茨拉挺像，尽管年纪不同。他也是个幼稚的人。你猜他追求什么？"

"什么？"

"皮茨拉想向每个人展示他有多年轻，这是他全部的动力。他不太会说英语，但如果你问他：'皮茨拉，今天感觉咋样？'他会马上回答：'噢，我吗？好得不能再好啦。'如果你问他：'你今天多大岁数了，皮茨拉？'他会说：'岁数？岁数多大有什么关系？我才刚刚开始享受生活。你如果以为我就快死了，那你可就大错特错啦。因为，你知道吗？我还能参加你们的葬礼呢。等我 300 岁的时候，我还要参加你孙子的葬礼。'然后他会笑起来。你觉得这故事如何？"

"不错，费奥多。但这故事不够长，我得去拜访一下皮茨拉，才能把他描述一番，凑够篇幅。"

---

1. 吉格舞：起源于英国的一种活泼欢快的民间舞蹈。

"不够长?你什么意思?我才刚开始讲呀。我要说的故事并非关于皮茨拉,你为什么要去拜访他?"

"我以为你要讲皮茨拉的故事!"

"你以为!哼!好吧,知道想太多的坏处了吧。你以为我的故事已经讲完了,其实我才刚刚开始。"

"你说这是个关于皮茨拉的故事,费奥多。我信了你的邪。"

"我根本没说过这种话。我只是问你知不知道皮茨拉。这个故事是关于他儿子的。"

"啊哈!皮茨拉有儿子?有趣。"

"当然有。皮茨拉儿子今年 87 岁。如果你在麦斯威尔街上打听他,人们会告诉你:'认不认识皮茨拉的儿子?哼!那可是个丑闻。'"

"费奥多,我们报纸的编辑不会让我报道丑闻八卦的,得小心点。"

"这个丑闻你肯定能写。皮茨拉的儿子是个可怜的老人,几乎都没办法自己走路。他蓄着很长的白胡子,戴一顶圆顶小帽,牙齿都掉光了,你几乎可以说他的一只脚已经跨进了坟墓。你看见皮茨拉的儿子估计也会说:'像你这样垂垂将死的人还不在家歇着,怎么还整天到处晃?'"

"他为什么这样?"

"为什么?真是好问题。因为皮茨拉不让他在家歇息。皮茨拉是他的父亲,他必须遵从皮茨拉的意思。皮茨拉跟他儿子说:'什么!你想像个老朽一样整天窝在家里?你疯了吧。看看我,你的父亲,而你,一个年轻人,我的孩子,别活得像我的父亲似的。这简直是大笑话。跟我走,咱们去参加宴会。'"

"什么宴会,费奥多?"

"随便什么宴会皮茨拉都拖着他儿子去,不让他休息,并且还说:'你

## Third Scene —— Without Tomorrow

应该把胡子剃掉。你都蓄须 15 年了,如今已长得太长。你说我跟你这样一个不仅快走不了路,还留着一脸长胡子的儿子走在一起多可笑?'"

"那皮茨拉的儿子怎么说?"

"他能怎么说?不发一语。医生告诉他:'你必须得待在家里,你在外活动太频繁了。你多大岁数?'皮茨拉的儿子会疲倦地摇摇头说:'87 啦,医生。'于是,医生给他下了严格的指令。而皮茨拉听到这些话时,又全然当笑话看了。你可以想象。"

"嗯,这是个好故事,费奥多。"

"好故事!你怎么知道?我还没讲到关键呢。当然,也许你很喜欢这故事,不需要我总结。"

"请总结一下,费奥多。抱歉。"

"哎,关键就是皮茨拉把他儿子当作一个笑话对待。你知道原因吗?因为他把他儿子当广告在用。皮茨拉的儿子非常虚弱,那么大年纪,只能挂一根沉重的拐杖走路,手抖得跟风吹过的树叶似的。但皮茨拉却拉着他到处跑,去参加晚宴,去参加政治集会,去犹太戏院,等等。他扶着儿子的手臂,把他带进门厅,让他坐到椅子上。皮茨拉的儿子十分疲惫,简直要死了,一动不能动。皮茨拉便会跳起来兴奋地告诉大家:'你们看他,真是个好儿子!看哪,他简直快死了。你们说他是不是像我的父亲,我像他儿子?完全颠倒了吧,是不是?'"

"那皮茨拉的儿子说了什么,费奥多?"

"说什么?他又能说什么?他抬起头,摇了摇。他几乎看不见东西,宴会上大家开始交谈的时候,他已经睡着了,皮茨拉不得不用手拉住他,免得他从椅子上滑落。等菜吃得差不多,甜点上来的时候,皮茨拉倾过身去对儿子说:'喂,我带了东西给你,看。'他伸手从兜里掏出一把山核桃。'用牙咬开，'他说，'学学你爸。'他儿子抬起头看着他，扯着长胡子叹气，皮茨拉跳起来发出阵阵大笑，整个宴会厅都能听到。两周以前，皮茨拉去参加了他孙子的葬礼，也就是皮茨拉儿子的儿子，死的时候70岁。葬礼也让人看了笑话。为什么？因为从墓地回来时，皮茨拉笑着对大家说：'看看我，我参加了孙子的葬礼，如果他有儿子，我估计还要参加他儿子的葬礼。每次我都可以跳一段吉格舞。'"

Third Scene —— Without Tomorrow

# 一位母亲

她坐在道德法庭的旁观席中,岁月在她脸上留下粗糙的刻痕。她眼里空无一物,发红的双手像粗糙的皮革。这完全是男人的手,这双手也干着男人干的活儿。

一个 1 岁大的婴儿睡在她的臂弯里,包得严严实实,好像这审判庭还不够压抑似的。她在等待布兰奇的案子开审,布兰奇被警察抓了——好吧,为什么呢?好像跟一个男人有关。而她今天只好损失掉看商店的 2 美元收入。他们为什么要逮捕布兰奇?在办公室里,关上门,律师告诉她不用担心。是啊,应该是个误会。布兰奇从来没捅过娄子,布兰奇整天都在商店工作呀。

晚上布兰奇会外出,一个年轻姑娘,总有不少朋友,都是些绅士。有时候太晚了,他们也会送布兰奇回家。布兰奇是她的女儿。

这个抱婴儿的女人环顾四周,审判庭真不错,宽敞明亮,天花板装饰精美。但庭上坐的人却都黑着脸,大概是犯了事儿被抓住了吧。她看见一个面相凶恶的男人向他走来,他好像在说什么?是个律师。

"不,我不需要律师。"抱孩子的女人嘟囔着,"不要,不要。"

男人走开了。他显然很忙,跟庭上每个人都有几句交谈。应该是位律师。她给布兰奇请过律师了,花去了 10 美元,不是一笔小数目。

"嘘,宝拉!"女人轻声叫道。宝拉是她怀中睡着的婴儿,在襁褓里有点挣扎。

"嘘!别这样。好啦好啦好啦……"

她来回晃动襁褓,一边用手轻轻地拍。她往襁褓里探看了一下,表情凝重,粗糙的脸上显现出惊讶的神色,孩子渐渐安静下来。

法官就位,审判正式开始。她坐得有点远,听不见审判席上的讲话,只好看着一组一组的男男女女轮流走上台前。

律师说过不用担心。等着叫布兰奇的名字时走上前。不用担心。

"嘘,宝拉,嘘!好啦好啦……"

布兰奇从门外进来,样子很糟糕,脸色也不好。噢,可怜的女孩,她工作太辛苦,但又有什么办法?只能不停工作。现在她被捕了,满街都是流氓混混,他们却逮捕了布兰奇,努力工作的布兰奇。

她按律师说的走上前去,当然,布兰奇的案子开始了,律师也走过来。他看上去比刚刚来询问的那位和善些。

"是她吗?"

法官的问话让律师笑出声来。

"哦,不,"他说,"不,法官大人,那是她母亲。到这儿来,布兰奇。"

警察在说什么?

"嘘!宝拉,嘘!好啦好啦……"宝拉不断挣扎,大声哭泣,她根本听不清。宝拉饿了,但只能再挨一会儿。什么男人?就是他!

警察正在讲那个男人,而不是布兰奇。

"法官大人,按这位先生的陈诉,被告尾随他沿麦迪逊大街走了一段,跟他攀谈,问他要不要——"

"嘘,宝拉,不准!真不听话!嘘!"

## Third Scene —— Without Tomorrow

那个黑胡子男人到底是谁?

"是的,法官大人,我之前不认识她。我当时在街上走,她走过来跟我搭话,问我要不要跟她'回家'。"

"布兰奇,你干这行多久了?"

瞧,布兰奇在哭。嘘,宝拉,嘘!法官在讲话,布兰奇根本不听。女人多想开口喊:"布兰奇,法官大人",但她嘴里像被灌了铅。

"说话,布兰奇。"法官有点不耐烦。

她听不见布兰奇说什么,看着她哭泣的感觉怪怪的,很久以前布兰奇也像宝拉一样在她怀里哭泣。可自从她开始工作之后,她再也没哭过,一次也没有。

"噢,法官大人!噢,法官大人!求求您——"

嘘,宝拉!不哭不哭……为什么会这样?法官要干吗?

"你之前被逮捕过吗,布兰奇?"

没有,没有!她必须告诉法官,女人抬起头来。

"求求您,法官大人,"她说,"从来没有!她一直是个好姑娘,没干过错事儿。"

"我知道了,"法官说,"她拿钱贴补家用吗?"

"是的,当然,法官大人!求求您,她把挣的钱都给了家里,她是个好姑娘。"

"之前见过她吗,警官?"

"没有,法官大人,这是第一次。"

"嗯。"

法官在讲话,讲什么呢?到底出什么事儿了?布兰奇是个好姑娘,他们为什么逮捕她呀?

"嘘，宝拉，嘘！不许哭。"她把婴儿搂近自己的胸部。应该是饿了，但还得等等，很快了。

法官是个好人，他说："好吧，你可以走了，布兰奇。如果下次再犯，法庭可不会再饶恕你，记住。看在你母亲分上，我给你一次机会。"

法官真好。"谢谢您，谢谢您，法官大人。嘘，宝拉！再见。"

好了，现在她得搞清楚事情原由，她要问问布兰奇。母女俩在大厅里吵起来。

"布兰奇，你过来。"女人声音里带着母亲的威严，18岁的女儿在她身边一脸泪痕。

"哎呀，妈，你别烦我。我已经够倒霉了。"

"警察到底为什么找你麻烦？"

"哎呀，他是个混蛋，没别的。"

"为什么逮捕你，你告诉我，布兰奇。我知道是误会，但他的理由是什么？我请律师花了10美元。"

"天，别说了！别烦我。"

女人耸起肩，脸又转向怀中的婴儿。

"好了好了，宝拉，妈妈马上就喂你。等我们找个座位坐下。嘘，宝拉！不哭不哭，好了好了……"

她抬起头，布兰奇已经不见了。她抱着1岁的宝拉站了一会儿，走向了电梯。她的眼神冷漠而黯淡，空无一物。

Third Scene ----- Without Tomorrow

第三幕 ····· 明天与意外

# 罗德耶兹克夫人的最后一份工作

欧迪斯大厦（Otis Building）的律师、速记员和投资人们下班回家之后，罗德耶兹克夫人便开始擦洗走廊。白天罗德耶兹克夫人有别的事打发时间：照看两个孩子，打理29街转角上的三居室公寓，或者找点打扫房间、洗衣服、看孩子的零工做做。她总是把白天的时间安排得井井有条。

每天下午5点半，她会到欧迪斯大厦的后勤办公室报到，领取她的提桶、刷子、拖把和肥皂，跟另外8个样子差不多的女工一起清洁楼梯。罗德耶兹克夫人匍匐在地，缓缓挪动身体，逐一擦去那些律师、速记员和投资人留下的脏脚印。工作8年，她已经不再需要护膝板，跪着擦地的这双老膝盖早就习惯了。

晚上，罗德耶兹克夫人一般坐公车回家。趁她静静坐在座位上时，我们可以观察她一番，不免会发现几处奇怪的地方。首先是她的衣服。罗德耶兹克夫人不是那种随季节更换装束的讲究女士，无论冬夏，她穿得都一样。

接下来是她的手。罗德耶兹克夫人的手指甲与她整个人的其他部分产生了鲜明对比。她本人看上去丰满有力，而这些指甲却很苍白，微微泛着阴郁的淡蓝色。指尖略显浮肿，看上去跟手的其他部分也不甚协调。

然后会引起旁人注意的是她的发型。虽然穿着上不讲究，感觉像随

## Third Scene —— Without Tomorrow

便笼了一身布料,勉强拼凑起来,但她精致服帖的发型却带着骄傲,似乎在宣告,纵然清洁工的身份占据了她大部分时间,却无法完全夺取来自性别的虚荣。把这一头糙硬的头发挽成这样紧致的发髻一定得花上 15 分钟,罗德耶兹克夫人的时间表上难得的 15 分钟。

就在前些天的晚上,罗德耶兹克夫人坐公车回家的时候,脑中也琢磨着自己这些"怪异"的地方。天气很热,报纸头版上登着大大的消息——"热浪持续"。

罗德耶兹克夫人在 29 街的公交站下了车,步行回家。两个孩子,一个 8 岁,一个 10 岁,正在家盼望着晚餐。吃过饭,罗德耶兹克夫人用波西米亚语说:"我们今晚去湖边游泳。"

小罗德耶兹克们欢呼起来。

于是,全家人来到位于 51 街的湖滩,到处都是人,大家穿着泳装纳凉,有的人还把自己埋在凉爽的沙子里躲避热浪。

罗德耶兹克夫人的泳装一定会引人侧目。它大得出奇,一看就是手缝的,很像是一片巨型裹婴布。还好,很长一段时间都没人注意到她。她坐在沙滩上,头有点晕,眼睛刺痛,背上也有一小块皮肤火辣辣的。膝盖也灼痛起来,指尖抽搐着。

这些症状并没有吓到罗德耶兹克夫人,反而它们一旦突然消失,便会让她有点意外。她坐在那儿盯着湖面,尽量搜寻孩子们的踪迹。可是他们的黑脑袋已经混到躁乱的人群中了,她只能作罢。孩子们总会按时回来的,我们不用苛责罗德耶兹克夫人没有监护人的责任感,清洁大妈的孩子们总是会按时回家的。

罗德耶兹克夫人准备到湖里凉快一下。她想游泳已经想好几年了,总是没实现,这次不知怎的,这念头攫住她,让她不顾一切来到水边。

## 第三幕 —— 明天与意外

"到水里放松一下吧。"她心想。

可到了水边的罗德耶兹克夫人发现自己难以放松。厨房里的碗碟还没洗,床上还堆着脏衣服,还有别的活儿,很多活儿。

游泳者此起彼伏的笑声回荡在罗德耶兹克夫人耳畔,她叹了口气。太阳落山了,湖面暗了下来。没用的,罗德耶兹克夫人没法休息。她坐着,眼睛死死盯着湖面。是啊,天黑之前得赶紧做完。必须做完,不然没法交差。这位清洁工把手垂在身侧,灼痛把她的手引向那儿,又转而钻进脑子。疼痛应该被遗忘,8年的工作教会了罗德耶兹克夫人。

有个女孩先发现了异样。她在一群从酒店出来的年轻人中笑起来,突然嚷道:"天哪!你们快看那个女人!"

大家都顺着她的指的方向望去,一个穿奇怪泳装的中年大妈耐心地跪在水边爬行。不一会儿,围观的人多起来,一开始没人管,以为这是某种可笑的锻炼方法。有些人还在哈哈大笑。

但这位大妈的动作越来越奇怪,她不时停下来伸手捧起一掬湖水,开始在沙子上摩擦。人群聚过来,警察也到了。警察低头看着这用手脚匍匐爬行的女人。

"您怎么了?"警察问她。

女人哭起来,沧桑的脸上布满泪痕。

"我今晚做不完了,"她抽泣着,"肯定做不完。我太累了,今晚做不完了,肥皂也被水冲走了。我的肥皂没了。"

罗德耶兹克夫人连同她的两个准时回来的孩子被警察一起带上车,一路上哭着到了警察局。

"我不知道这个可怜的女人发生了什么事。"警察跟海德公园警局的警长说,"她就那么来来回回地擦,好像在清洁海滩。"

## Third Scene —— Without Tomorrow

"我想我们只能送她去精神病院啦。"警长说。

这个故事并没有完,但罗德耶兹克夫人的最后一份工作已经到此为止。

第三幕 —— 明天与意外

# 萨都夫人今晚不上班

萨都夫人急匆匆走过，连商店橱窗都没瞅一眼，她抱着孩子从医院出来，正要回家。医生对她说："赶紧吧，把孩子带回去，路上别给他买冰激凌吃。"萨都夫人住在霍尔斯特德南街（South Halsted Street）608号的一间杂货店楼上。

已是傍晚时分，街上来自希腊、中东、俄国、意大利和捷克的移民开始忙碌起来，他们要么坐在店外的旧椅子上，要么守着有各种小装饰品的柜台，有时懒懒地四处找冷饮，有时鼻子凑在一起吵架。

橱窗里挂着艳俗又土气的衣服，一般这种从医院或杂货店回家的时候，都是萨都夫人的惬意时光。她的小眼睛会扫过一排排闪光的铁锅、白棉桌布、小画册、梳子，还有其他塞满霍尔斯特德街上每一个柜台的玩意儿。

但这次萨都夫人还要走7个路口才能到家，她没时间流连。尽管天气很热，她还是把孩子小心地包在毯子里。

萨都夫人家里还有8个孩子等着她照顾，其实很简单，只要他们不生病就万事大吉。只要8个孩子不生病，他们就会在街上或是黑黑的走廊里跑来跑去、跌跤、尖叫。不管身在何处，萨都夫人总是留心侧着一只耳朵听，只要孩子们在闹腾就没事儿。每天她要注意的并不是吵闹，而是突如其来的安静。

## Third Scene —— Without Tomorrow

乔这两天变得安静起来,他就是生病的那个,一岁半,却像个小大人。几天过去,萨都夫人终于再也无法忍受乔的安静,还有他发烫干燥的皮肤,决定带他去看医生。

出去一下午对她来说实在要命,现在她得立马赶回家。萨都先生和他的3个兄弟天黑就会回家,厨房的大锅里还炖着3只鸡。

一个吉普赛女人从店里探出头来。她穿着好多层彩色的小褂子和腰带,脖子上挂着沉重的珠子,手臂上戴满黄铜手镯。

"要算命吗,夫人?"吉普赛女人问。

萨都夫人急急地走过去,看都没看她一眼。有时候她也会让吉普赛女人给她算算,毕竟只要25美分。但现在她真是没时间,还有好多事要做。她把毯子里的乔抱紧了些,这沉重疲倦的手臂每天要工作15个小时。

那医生真是个白痴,冰激凌有什么问题?哪个病人吃点冰激凌不会感觉舒服得多?于是,萨都夫人抱起乔,把他的脸冲向卖冰激凌的车子。她停住脚,如果乔说:"要冰冰。"她就买些给他。虽然乔平时像个小大人,但此刻他似乎没弄明白妈妈的意思。萨都夫人只有大声问他:"想吃冰激凌吗,乔?"

乔没回答,把头扭到一边。萨都夫人更加忧虑了,她只能加快脚步。

快到家时,萨都夫人把头埋进那小小的襁褓,哭道:"乔!乔!你听得见吗,乔?"

街上被刚下班的男男女女挤了个水泄不通,公交车更像是塞满沙丁鱼的罐头。

在离杂货店不远的街角,萨都夫人又停了下来,她疲倦的脸变得煞白。她抱起乔,贴近他,仔细端详。

"乔!你怎么啦,乔?"她一遍遍重复。

坐在柜台前的眼镜店老板站起身来，眨巴着眼睛问：
"怎么啦？"

萨都夫人没回答，只是站在自家门口，抱着乔的襁褓，一遍遍叫他的名字。一小群围观的人聚过来，她向几个和她一样的东欧妇女敞开了心扉："我刚刚就觉得不对，他连冰激凌都不想吃。"

萨都夫人走上楼，把襁褓放在桌上，小东西一动不动，萨都夫人也一动不动地看着它。终于，她在一旁的椅子上坐下来，开始哭。

替别人驾马车的萨都先生和他的兄弟们回家时，萨都夫人还在哭。

"乔死了。"她说。

其余几个孩子仍在健康地吵闹。萨都先生撂下一句："我给我妈和姐妹们打个电话。"他走过来，看了看桌上死去的孩子，用手戳了下乔的小脑袋。

姐妹姨娘们都来了，很快接手了厨房里炖煮的三只鸡、八个吵闹的孩子们以及桌上安静的襁褓。一共四个姐妹，可一直到晚上，萨都夫人都还是一个人坐在房子的一角。她非常疲惫。乔已经死了，再过几天就会下葬，再抱襁褓也没用了，她又落下泪来。是啊，也许再过几个月他就会有个小兄弟了，但现在萨都夫人很害怕，乔是第一个死去的孩子。

她走出屋子，顺着黑黑的走道上了街。"她这样不好。"看见她的婆婆说。

走上街也无事可做，她只能徒劳地走着。周围的人也都在走着，年轻人手挽手，这是霍尔斯特德街的夏日夜晚。萨都夫人一直走到视线渐渐清晰，她深深吸了一口气，在橱窗上紧张地看看自己的倒影。突然，吉普赛女人又探出头，萨都夫人盯着她。

"算命吗，夫人？"

Third Scene ····· Without Tomorrow

萨都夫人点了点头，走进门廊。她感到一阵晕眩，但到明天乔下葬之前她也无事可做。某种强烈而未知的恐惧驱使着她，把她因劳作而过早衰老的手掌伸向算命的吉普赛女人。

第三幕 —— 明天与意外

# 未完成的辩论

生活是一个错综复杂的幻象，人们在谎言编织而成的神祇足下缓缓步入坟墓。我们被自然一次次欺骗，一次次被卷入自然的悲剧实验。而我们的思想，像一头无形的怪兽，永远在伺机吞噬掉生活本身。

这是悲观主义者的教义，是来自幻灭后的温柔敌意。当然，跟所有邪教一样，它有不少拥趸。这个城市已经很难找到像克拉伦斯·达洛这样温厚有礼、内心阳光的公民了。多年来，达洛先生一直致力于温和地反驳人类的理智、生命的重要性以及思考的必要性。多年来，达洛先生神奇地击碎了人类的一个个幻象，我们赖以逃避宇宙终极意义的幻象。神灵、天堂、政治、哲学、抱负和爱——达洛先生不断地把它们击碎——只须花上1到2美元，你就能目睹这一奇观。

没人会反对达洛先生适时收取费用，这么些年来，达洛先生用他的辩论挑战着这个城市的理智界限，为它注入生机。达洛先生的辩论因不同的原因收取一两美元，甚至5美元。花上5美元成为第一批观众，见证多年来的悲观主义如何深切地影响达洛先生，造成令人赞叹的效果，这个价钱很值得。

达洛先生还记得几年前参加过一场葬礼。在葬礼上，达洛先生对这个世界的温柔敌意被整个环境突显出来。棺椁中这个叫苏朋豪尔的年轻人脸上挂着疲倦的微笑，恰好证明了达洛先生的观点。

## Third Scene —— Without Tomorrow

然而，这一次，达洛先生内心却难以平静，因为他跟棺椁里躺着的人交情深厚。那是乔治·B.福斯特教授，芝加哥大学睿智的神学家。

福斯特教授生前一直是达洛先生的重要对手，不仅仅因为福斯特是个无可救药的乐观主义者。他们之间的对立来自先天的冲突，福斯特的身体里流着理想主义的血液，正如达洛的潜意识苗圃中长满了反理想主义的花朵。尽管根本立场不同，但两人却有很多相似之处。他们都热爱辩论，热衷于抓住一个观点然后用强大的自我为之充能。简言之，两人是最理想的辩论者。

一旦达洛和福斯特关于某个重要话题展开辩论，消息很快就传遍全市，甚至那些平日对辩论漠不关心的人也交口相传。不管平日关不关心，一场达洛和福斯特之间的辩论会让大家觉得这是件大事，也许有些事情能够被证实，某些东西会被否定。

他们正要展开一场关于"是否存在不朽"的辩论，不料却传来了福斯特教授的死讯。这个辩题是这对友人最喜爱的题目之一。毫无疑问，达洛先生尽其所能要证明人死魂灭；而福斯特教授则完全坚持人拥有不灭的灵魂。辩论题目一出来就引起了广大关注，而这位神学家的离世为这一切划上了仓促的句点。

辩论会变作葬礼，数以千计的人前来吊唁这位睿智、和善、推崇人性的教授，一系列纪念活动在大剧场里举行。达洛也来了，他低着头，悲伤不已，乔治·福斯特这样的朋友无可替代。死亡并不像一场辩论的胜利那样可以为悲观主义带来冷静的确证，它更像是一种掠夺。

台上有人开始称颂死者的美德，回忆他的所爱，细数他的学术成就，赞美他的思想和天分。达洛听着自己朋友的悼词，眼里噙满泪水。可怜的乔治·福斯特，走了，装在棺材里，一会儿就要拖出去埋掉。这时有

第三幕 —— 明天与意外

## Third Scene —— Without Tomorrow

人悄声请他上台讲几句。

这将是他对亲爱朋友的最后告别,达洛先生站起来,他松散的衣着和那张狡猾的脸硬撑起一副不习惯的严肃。下边的人等着,达洛先生却迟迟不知该如何开口。他被泪水糊住的眼睛还望着棺材,终于,他开口了。他亲爱的朋友,死了,那么有魅力的一个人,那么闪光的思想,现在都结束了。他曾经那么精彩地活着,让人难以相信他会突然死去。似乎达洛先生某一部分的自己也躺在了棺椁中。

悼词在继续,安静地,真诚地,在座的人也难忍泪水,他们感到了达洛先生心中的那份悲伤,渐渐地,达洛的表述清晰明确起来。

"我们是老朋友了,在思想战场上交手过很多次。"达洛说,"本来我们下周要辩一下'是否有不朽的生命',他的论点是不朽的生命确实存在。如今他已不在人世,但在这个论题上,离世的他却道出了更多。我的朋友乔治·福斯特的全部遗骸都躺在这具棺椁中,如果他还活着,他必定能跟我争辩一番,但他现在死了,他终于能在死亡的否定之黑暗深渊中明白自己错了——世上并无不朽的生命。"

达洛先生顿了顿,多年之后,他终于在这个话题上赢了福斯特,但胜利并未让他产生丝毫愉悦。达洛的眼睛又湿润起来,他转身要走下讲台。在他离开之前,靠得近的人们听到他的几句呢喃:

"我希望可怜的福斯特是对的。如果他的灵魂不朽,如果这世上还有乔治·福斯特这个人,我会非常开心。不过,在证实死亡之后,即使他返还人世,他也不得不承认,不朽的生命是不存在的。"

于是,达洛先生向着死去的朋友,也是他的辩友,深深鞠了一躬。

第三幕 —— 明天与意外

# 无产阶级教父

会议厅在楼上，路口挂着一块不起眼的指示牌，上边用英语、俄语和意第绪语[1]标明关于世界无产阶级革命的研讨会今晚就在此举行。

有上千人来到现场，大部分是西部人，也有少数来自南部和北部。总体上可以分成两类：工人和知识分子。工人们静静地坐着抽烟，而知识分子们显得有些紧张。黑眼睛的女人，留络腮胡的男人，一个个活力四射，互相打招呼，讲笑话。

第一个上台的演讲者说话很不利索，他是个工人。听众们则被一种紧张的气氛攫住，虽然他没讲出什么，但每个人都在认真倾听。他说工人阶级已经被奴役了太久，说这个世界充满了不公，还说自由之光就要从地平线上升起。

这些对于在座的各位当然是老生常谈，但他们仍然注视着发言者，在他的身上有一样大家感受得到的宝贵品质——一种信念。听众中的工人们都掐了烟，而知识分子们才渐渐进入状态。在这一刻，旧时的感情在他们内心翻腾，他人的真诚和无畏像日光一样炙灼着知识分子们的中庸之道。

突然，会议厅里的氛围发生了变化。我们结结巴巴的演讲者道出了一

---

1. 意第绪语：属于日耳曼语族。全球大约有300万人在使用，大部分的使用者是犹太人，

## Third Scene —— Without Tomorrow

些惊人之语。他说:"同志们,我们必须使用武力。没有枪杆子,就成不了大事。我们要奋起,要推翻政府的统治,我们要夺权。"

"走偏了!"会议厅里的人窃窃私语,来自南部和北部的革命支持者开始局促不安。该有人去让他停下来啊,真诚是一回事,真诚过了头,教唆大家动粗可是另外一回事。

又出了什么状况?演讲者越来越激动,而会议厅后边进来一个人,大家扭过头去——是一位警察!台上的人挥舞着胳膊,用他的外国口音吼道:"他们想要阻止我们,该死的资本家!他们竟然派来警察!不过,我们不会退缩,警察也吓不倒无产阶级,就算他把我们都撵出去也没用。"

演讲人自己沉浸在激愤之中,但尽管他慷慨陈词,听众们还是战战兢兢。一路从过道走来的警察先生面露尴尬,终于走到台前,向演讲人递了张名片。演讲人扫了一眼,往空中挥了挥,然后缓缓念出上边的字。台下一片骚动,感觉不少人都想夺门而出。

"啊,"演讲人跟大家解释,"警察先生说一个破坏分子砸了楼下的一辆车,应该是在座某位的。车牌号是……"他又慢慢念出那串数字,继续说道,"请这位车主速去楼下查看。"

一个看上去老实巴交的北方人站起来,冲下楼去。我们这位演讲人终于决定退场了。大家还在等今天的主要发言人,等待期间又有事情发生。演讲台的背景上方挂着两盏灯,一位年轻妇女叫住某位会议负责人。

"瞅瞅,那俩灯刺啦刺啦的,我们咋看得清发言人的脸哪,闪瞎人眼。"

负责人肩头挂着条红绶带,他是西部苏维埃组织的小头头。他不可思议地眨着眼睛,带着怒气说:"你想让我怎么样?我去给你关灯?你觉得我像楼管吗?"

"你就不能去关吗？"年轻妇女很执着。

负责人义正词严地宣布："灯是楼管开的，也该由他来关。"说完趾高气扬地走了，过了两分钟，穿短袖的楼管跟着他过来关了灯。这一幕小插曲，又引起一阵窃笑。

主要发言人终于姗姗来迟。这是个小个子精瘦的男人，一张好斗的脸上留着挺直的胡须，他的演讲技巧确实高超，并且带着睥睨万物的气势。一开始，他便问大家最害怕什么，他指出人们大多随波逐流，而非真心信仰革命。如果革命此刻在时代潮头，他们便是革命者；如果革命潮流退落，他们又会寻找其他爱好。

这显然比知识分子们的各种幌子更接近真实。大家纷纷点头赞同。正是自我检讨的能力使得知识分子与众不同，他们能够认识到自己的错误和缺陷。

发言人讲到了他真正的主题——革命。他高喊，我们所追求的，即发生在俄国的阵痛也要在美国发生。是的，这是伟大的阵痛，他已经做好准备，并愿意朝着那个目标奋进。他衷心希望在座的人都能与他并肩，披荆斩棘，把大众的精神植入这个时代。不可阻抗的力量会推翻暴君和政府，他继续讲着，像一位宣教武力的圣徒。他歌颂战斗、流血、牺牲和飘扬的红旗。他愤世嫉俗，明嘲暗讽，底下的观众又一次陷入不安的情绪。

交头接耳的议论不断，一半以上的知识分子们蹙眉表示反对。他们是来探讨经济主张的，而不是来怂恿武力。剩下的人则茫然不安。

差不多 11 点时，会议散场。周围的街道热闹起来，大家赶路、聊天、哈哈大笑。公交来来往往，街边店铺灯火通明，高楼在明月下拉出一片阴影。3 个小时以前，它们是强有力的不可违抗的秩序象征，而现在它们似乎可以被推翻。街道的保护罩只是个幻象，小施武力就能轻松摧

## Third Scene —— Without Tomorrow

毁，而这种力量就潜藏在街上来往的普罗大众之中。

发言人最后从楼里出来，前后被友人和提问的人围绕，直到走过两个街区才剩下他一人。他站在公交站等车，有些与会的人跟他擦肩而过，并没认出他来。

车来了，发言人登上公交车，正好有座。他把头靠着车窗，闭上眼睛。公交车装着一车困倦的男人女人驶过，他们都工作了一整天。没人能想到，这里头还装着一位梦想着领导大众冲破枷锁的无产阶级教父。

# 米什金的晚祷

当时我们正在讨论假期，11 岁的山米紧张地听着他父亲的谈话，终于，山米说话了，他很生气："我不去，不去，如果要我跟售票员讲我不满 5 岁，我就不去！"

山米爸爸尴尬地咳了两声。

费奥多·米什金把目光从水果篮里移开，说："哈，要把克列缅丘格[1]人变成美国公民，光凭一张入籍表格可不够。"他那双笑吟吟的眼睛盯着山米爸爸。

"就像这样，"这位福斯塔夫[2]式的人物继续说，"我的朋友赫茜拉来自俄国，那时候有大屠杀、犹太贫民窟和内奸——啊，我偶尔会想念当时的俄国，犹太人那时候并不总像现在这样诚实。别打岔，赫茜拉。我的记者朋友想听我讲故事，让我解释一下为什么你想让你的孩子山米向售票员撒谎吧，记者朋友便能明白我并不是反犹分子。"

米什金把脸转向我，笑着继续说。

"你知道，犹太人是伟大的旅行家，世界上其他民族旅途的总和也

---

1. 克列缅丘格（Kremenchuk）：乌克兰中部的重要工业城市。
2. 福斯塔夫（Fastolf）：福斯塔夫爵士，一位放浪形骸的骑士。莎士比亚戏剧《亨利四世》第一部、第二部和《温莎的风流娘们儿》里的喜剧人物。

## Third Scene —— Without Tomorrow

比不过他们。然而，他们不喜欢付车费，特别是在俄国。我还记得我父亲，一位优秀的拉比[3]，一个高尚的人，可一旦要乘火车旅行，他总会把长胡子折起来钻到座位底下去。

"只有在那样的场合父亲才跟女人交谈，要他在公共场合跟陌生女人说话，还不如让他自断右手。因为我的父亲，拉比米什金，是一位高尚的人。可他却会恳请一位女士展开裙子挡住他藏身的位置，以免让列车巡视员发现。

"当然，你还是得付钱给售票员，一个卢布就够了，而不需要付足原本 20 卢布的票价。售票员总是希望见到犹太乘客，这意味着他们又多了一点额外收益。我还记得，克列缅丘格铁路线上的售票员甚至学了几句意第绪语。比如，火车停靠站台时，售票员会在月台上跳上跳下地喊几声——mu kennt，意思是巡视员不在车厢，你可以赶紧跳上车藏到座位底下。巡视员快走近时，售票员会大喊几声：'Malchamovis！'这是希伯来语里指黑暗天使的词，意思是让大家藏好别动。

"我要说的故事发生在一列从基辅出发的火车上，那是很多年前了。我正坐在车厢里读俄文报纸，突然听到三个年长的犹太人在谈话。他们留着白色长须，额头上还有做礼拜留下的印记。是的，我碰到的是三位神职人员，不一会儿，我听出他们似乎遭遇了困扰。猜不到吧？我告诉你……

"过去信教的犹太人每天都要做晚祷，否则被视为罪孽。做晚祷需要有 10 名犹太人，站立念诵祷词。当然，如果周围凑不满 10 名，三四名也能凑合一下。"

---

3. 拉比（Rabbi）：犹太人中的一个特别阶层，主要为有学问的学者，是智者的象征。

"这几位神职人员正在车上争论是否要进行晚祷,他们只有三人。经过一番逻辑严密的论证,他们决定晚祷仍应进行。天色已经暗下来,列车飞快地奔驰着,三个犹太人站在列车的尾厢开始祈祷仪式。

"不一会儿,我听到了更多的声音,是的,更多的声音从每个座位底下冒出来,那是祈祷的声音,嘟嘟囔囔地填满整个车厢。有一小会儿,我极其震惊,随后立即想到这车厢的座位下边大概塞满了折着长胡子的犹太拉比和高尚的犹太人。"

米什金笑着说:"于是,祈祷继续,许多听到声音的乘客都面露微笑,你可以想象那画面。然而,三位犹太神职人员并没有注意到,他们自顾自地进行晚祷。听着,故事最精彩的部分来了,也许你会发笑,但这实实在在发生了,我亲眼所见。

"我跟你说过,祷词必须站立念诵。如果祷词的最后部分,特别是那句'amen'没有站立念诵,会被视为大不敬。于是,当祈祷接近尾声时,从几个座位底下钻出来不少白胡子的犹太长者。他们爬出座位,还来不及掸去身上的尘土便挺直身板虔诚地祝祷,到那句'amen'结束时,已经有 11 个犹太人围成一圈。车厢的座位底下彻底空了。

"就在那一刻,'amen'的合声充斥车厢时,穿制服的巡视员却正巧提着油灯走过来。一看到车厢里满是乘客,他震惊地停下脚步。当然,故事的结尾祈祷的人们必定付出了代价——票价外加罚款。

"这个故事蛮有趣的,你说对吧,赫茜拉。"米什金大笑起来,"这故事有不少意味,但最主要的是它说明高尚的人总是高尚的,他在马德里审讯中选择牺牲自己,跟在基辅的列车上为了念诵一句'amen'甘愿受罚是一样的。他得做他认为正确的事。"

山米的爸爸耸耸肩,表示不认同。

## Third Scene —— Without Tomorrow

"我看不出你说的这番话跟我儿子的要求有什么关系。山米看起来也就五岁多吧,扯个谎就能节约 15 美元有什么不好……"

山米一声哀号打断了他父亲。

他哭叫道:"我不去,让我再撒这种谎,我还不如待在家里。我不想去。售票员知道我都快满 12 岁了。"

"好吧,好吧。"山米爸爸叹息着妥协了。"但你看,"他转头向米什金说,"我儿子有如此高尚的想法可不是为了做什么祷告。"

第三幕 —— 明天与意外

# 人情扑克

"是的,他们打牌会受影响。"来自汤姆·弗雷曼警局的副警长比尔·科特伦说。他切了一小段口嚼烟草放进嘴里,若有所思地望向迪尔伯恩监狱的窗外,轻声强调:"确实会的。"

绵长的雨丝斜掠过监狱的高墙,街道上一片朦胧的黄色薄雾浮浮沉沉。科特伦警长努力把目光从那片惨淡的雨景挪开,用明快的语调继续说:"但是,我不认为他们输牌全然因为绞刑架上的末日正在不远处等待。你瞧,我研究过不少牌戏,奥卢米、匹诺曹[1]等等,我敢打包票,芝加哥的死刑犯几乎都跟我交过手,想赢我可不容易。但是,如我所说,你想了解的这些先生,也就是我负责看守的死囚们,临刑前打牌的确会受影响,这是毋庸置疑的。"

暗色的雨点洒落在迪尔伯恩监狱的格子窗户上,科特伦警长仰身靠着椅背,沉默地思索着,生命、死亡、高尚的、卑劣的、无名的人,以及扑克游戏。

"他们让我做死囚看守工作,因为我很会跟临死的囚徒打交道。"他评价着自己的工作,声音透出谦逊的自信,"有些警官会被弥漫的悲伤气氛

---

[1]. 奥卢米、匹诺曹:一些美国扑克的玩法。

## Third Scene —— Without Tomorrow

感染,自己的心情也受到影响。而我,一直坚持在面临危机的时候尽量享受生活。

"所以,在看守死囚时,我让自己正视这一切。我对自己说:'这个年轻人比尔,再过几个小时就会被送上绞刑台。这已经无法改变,不应该再浪费宝贵的时间考虑这个问题。'一番自我建设之后,我通常会对他说:'打起精神来,小伙子。找个话题跟我聊聊吧。'

"我曾经受够了那位阿比西尼亚王子格罗弗·雷丁,你一定记得。在临终陪伴的时间里,他一直用最大音量祈祷着,还哼唱圣歌。我并非想要剥夺他的权利,可如果你听过死刑犯长达十几个小时持续不断地高声祈祷,你就会明白我们的苦恼。

"后来有一个安东尼奥·洛佩兹,那是我最难忍受的一次临终看守。这个小伙子在他最后的时光里幻想自己是一只公鸡,他缩成一团,蹲在椅子上,像扑扇翅膀似的舞动两只胳膊,并且整晚模仿公鸡的叫声。我试过劝他玩玩游戏或者交谈,但似乎他应对即将到来的死期的唯一方式就是活成一只鸡,他于是一直叫到天明。最后我尝试着鼓励他,说他模仿得很棒,事实上,在行刑队伍接走他之后很长一段时间里,我们还是头痛耳鸣的状态。"

窗外的雨滴被扯成长长的丝线,人行道铺成一块闪光的黑色镜面。而科特伦警长好像没有注意到这景象,他的双眼从昏暗的雨夜中又落回记忆的迷雾里,试图查找某些踪迹。

"好些年前有个叫布莱克·韦德的死囚,还有个叫维阿纳的合唱团小子。最近的,有一个名叫哈利·伍德的人,绰号'孤独狼'。老实说,我跟他们都打过牌,大多数时间都是赢,除了跟这位'孤独狼'的那次交手。他最近被处死了,也许你有看到新闻。

# 第三幕 —— 明天与意外

## Third Scene —— Without Tomorrow

"我认为跟我交手的这些将死之人的最大问题是无法集中精力,而打牌是一项要求思维高度集中的活动。发现这一点之后,我都会拒绝跟死囚们赌钱,他们如果提出要求,我便会说:'不,孩子,让我们打场人情牌吧,比赌钱更有意思。'

"有些人就不太讲究了,"科特伦提示我,"举个例子,有个报社记者是艾迪·布瑞斯莱恩的朋友,并且在临刑前一直陪伴他。那两天记者付给布瑞斯莱恩 50 美元作为独家刊登其故事的报酬。而这位记者,我认为他缺乏职业道德,他与无法集中精力的布瑞斯莱恩打扑克,不仅赢回了 50 美元,还落下点儿额外的进账。

"而我,虽然跟这些死囚打牌都会赢,但我却从未要过他们一分一毫,一次也没有。我说过,临行前的牌局只是一场人情游戏而已,我是为了让他们能够安然地度过最后时光。"

之前客观的讲述气氛还未散去,科特伦警长突然微笑起来。

"可是我们有了这个'孤独狼',一个冷血无情的罪犯。他是我遇到过的最优秀的奥卢米牌玩家,与他打牌深有棋逢对手之感。是的,先生,他能够保持精神集中。我说过,集中精神是打牌的必要品质,而'孤独狼'这一点十分超群,无论在监狱中还是监狱外。

"我陪伴他度过的临刑前夜十分有趣。他招呼我们听他讲了一个多小时的偷车奇遇。是的,先生,'孤独狼'一旦想要辆车,就下手偷,冷血无情的罪犯,如我所言。

"然后他问我能够陪他玩几局扑克,我说:'当然,哈利,你知道,我是专门来陪你的。'于是,我们搭起桌子,哈利坚持要赌钱。'一手 1 美元,怎么样?'他说。我没答应。我们总共玩了 8 局,他赢了 6 局。可能当晚我手气也不太好,最关键的是我从未和一个如此冷血镇定的人玩过牌。赢牌之后他着实高兴起来，就和中了彩票一样，好像整个人都被好运点燃了。我并没有什么不满意的，只是觉得如果改天能够继续的话，我一定可以翻身。"

太阳慢慢爬出云窝，细雨中留下一片轻雾。科特伦警长知道该是做总结的时候了。

"我总结一下吧，这事儿的确会影响他们打牌。我想这是因为他们总会幻想突然有赦免降临，所以，他们等着，仔细听，不想错过宣告他们暂免一死的通知。就像有的人手里拿了个两点，却总想着要是张尖儿该多好，整个心思都不在眼前。因此，我由衷地建议跟他们玩一场人情扑克，仅仅是陪伴这些将死的人度过最后的时光。"

Third Scene —— Without Tomorrow

# 堂吉诃德和他最后的风车

作家舍伍德·安德森和我在某个沙龙的里间共进午餐。一个红脸小个子男人坐在我们对面的墙边,他留着精致的小胡子,有点秃顶,咧着嘴笑得很开心,不时拨弄着那张有点倾斜的圆桌上的一盘汤。

"我说,那边那个老男孩儿在跟我发信号,"安德森说,"他一直在眨眼示意。你认识他吗?"

我扭头看了一眼,并不认识。这时,服务生端了一盒雪茄过来。

"斯科拉兹先生向两位问好。"服务生微笑着说。

"斯科拉兹是谁?"安德森问,径自点起一根雪茄。服务生指了指那个红脸小个子,低声说:"就是他。"

我们继续吃饭,然后随意地打量了几下那位斯科拉兹先生。他似乎对盘子里的汤失去了兴趣,仅仅坐在墙边开心地微笑着,那高兴的神采很有感染力。我们也微笑着向他点头,算是答谢他送来雪茄。不一会儿,服务生又来了。

"两位先生想喝点儿什么吗?"服务生问道。

"不用了。"安德森说。他知道我最近拮据得很。服务生善解人意地扬了扬他的欧式眉毛。

"斯科拉兹先生想请二位喝两杯,算是一起祝他健康。"

"那就来两杯吧。"安德森也不客气,我们举起这两杯买过单的酒,默祝这位红脸绅士。我们饮尽的时候，他站起来，鞠了一躬。

"我们可能要被他缠上一个多小时。"安德森皱眉道。我也有这样的担心，但是斯科拉兹先生坐下来，向我们这边点过几次头之后，又开始喝他的汤。

"你觉得这位慷慨的朋友是什么来头？"我问。安德森耸了耸肩。

"他大概有高兴的事想庆祝，"他说，"古怪的老男孩，对吧？"

服务生第三次出现了。

"怎么样，先生们？还要点儿什么？"服务生微笑着询问，"斯科拉兹先生包了全场。"

包全场——当时可是有十多个人在用餐，我们这位朋友尽管其貌不扬，但还真是位货真价实的金主！好吧，事情越来越有趣了。我们又点了红酒。

"你帮我问问斯科拉兹先生是否愿意来我们桌喝一杯。"我告诉服务生。消息传过去了，斯科拉兹先生站起身鞠了一躬，却又坐下了。于是安德森和我做手势呼唤他过来。斯科拉兹先生又一次站起来，鞠躬之后犹豫了一阵，最后还是走向我们。

他一走近，我们周围节日般的欢乐氛围一下子升起来。这张长着精致胡须的脸上溢满节制的善意和由衷的欢乐。他微笑，鞠躬，跟我们握手，然后坐下来。我们举杯互祝健康之后，安德森和我礼貌地询问他如此快乐的缘由。终于，他开始讲起来。

他是个俄国犹太人，名叫斯科拉兹，曾在伊朗的俄国驻军里服过役。从他们部队驻扎的山顶上能看到三个不同的国家。在土耳其，他跟那些穿宽裤子的士兵一起战斗过，晚上他们一起在咖啡馆外吹长笛，唱那些关于女人和战争的歌。之后，他回到美国，开了间生产盒子的工厂。很

## Third Scene —— Without Tomorrow

快,他变得十分富有,盒子工厂也渐渐显得有些局促。

于是,今天他到处晃悠,想给自己物色一个新厂址。他发现了一栋漂亮的厂房,正合意,但那房子太漂亮了,盖工厂太浪费,他觉得应该搞点相称的东西。结果他准备在那儿开家舞厅,一家超大的舞厅,好让那些有趣有品位的年轻人来享受好时光。

"舞厅什么时候开业?"安德森问。

"啊,很快,需要买点东西,搞下装潢。我会给你们寄开幕式请柬的。来,我们再碰个杯?"斯科拉兹先生呵呵地笑起来。最奇妙的是他竟然完全没有醉意。

"原来你是在庆祝。"我说。是的,他当然是在庆祝。他笑着,俯身倾向桌子,靠近我们。眼神像是在舞蹈,精致的胡须为他的微笑戴上了美妙的光环。他无意用他的故事嘲笑我们,但无论在伊朗、土耳其还是乌拉尔山,他都觉得生活如此美好。现在到了芝加哥,生活还是这般美好。无论你走到哪里,生活都始终保持一帆风顺。安德森引用了几句诗,我觉得也不是特别到位:

Oh, but life went gayly, gayly
In the house of Idah Dally
There were always throats to sing
Down the river bank with spring

噢,生活多美好!
在达利的房间里,
忍不住放声歌唱,
沿着河岸春来到。

斯科拉兹先生咧嘴一笑。

"是的,是的,"他说,"沿着河岸春来到。"他站起来又鞠躬,然后叫来服务生。"请好好满足两位先生的需要,他们开心是我的荣幸。"他又呵呵地笑起来。"抱歉,我得先走了。"斯科拉兹先生迅速地微微鞠躬,"我还要赶去别的地方,再见,先生们,请别忘了我——山姆·斯科拉兹。请保重,等'忍不住放声歌唱,沿着河岸春来到'的时候,咱们再相见。"

我们目送他离开,他的肩膀快乐地颠来颠去,小短腿轻快地迈着步。

"真是个奇怪的老男孩。"安德森说。我们又聊了半小时关于斯科拉兹的话题,然后离开了。

第二天一早,安德森给我打来电话,问我有没有看当天的报纸。我告诉他我看到了,我桌上正摆着那条消息:

"山姆·斯科拉兹,46岁,西区盒箱工厂厂主,今早跳进地下污水道自杀。据悉,导致其自杀的原因是突如其来的经济打击。山姆的朋友透露,他负债8000美元,濒临破产。昨天早上斯科拉兹兑现了一张700美元的支票——那是他的全部家当,然后消失了。据说他把钱用作了一些个人消费,喝醉了酒,之后跳下了下水道。他没有立下任何形式的遗嘱。"

Third Scene —— Without Tomorrow

# 追捕

他正在被追捕。一队队警察配着枪,带着侦探和卧底在追捕他。而那些在报纸上读到他故事的人,那些看过他的通缉照片的人,也都在追捕他。

汤米·奥康纳站在脏兮兮的窗子边上,望着窗外的雪。雪花飘过房顶,纷乱地洒在人行道上。

街上好多警车呼啸而过,车上的人都全副武装。他们在人群中搜索着那张写满故事的脸。警长、副官和警员们不断地包围住所,扫荡小巷子,突袭沙龙,到处都是按门铃的声音。整个城市都在追踪他,好像一只狗在空气中疯狂嗅闻他的气味,一旦发现,这畜生就会奔着他的喉咙扑过来。

于是,他在这里等待着。外面下着雪,街上静悄悄的。一个男人走过来,是搜索队的人吗?不,只是个路人。路人抬头望了一眼,汤米·奥康纳慢慢地把脸藏进窗户深处的阴影,手紧紧握住口袋里的枪。但路人渐渐走远了。唉,如果这男人知道幸运的奥康纳正从一扇窗户后望着他,他可能会走得更快一些;如果他知道一百万人正端着枪追捕的越狱犯奥康纳正坐在那扇窗户后面,他可能会被吓得魂飞魄散吧。幸好他并不知道。他就像周围的墙壁、窗户和飘扬的雪花一样——安静平和。

"这就对了。"汤米·奥康纳露出一丝狡黠的笑。但他很快又不安起

第三幕 —— 明天与意外

Third Scene —— Without Tomorrow

来，他觉得应该出去买份报纸，探探情况，看看麦克和其他伙伴怎么样了。也许他们都被抓住了，但这对汤米并没有什么威胁，没人知道他在哪儿，一个人也没有。没人知道他就坐在这间房子里看着雪，胡思乱想。报纸上全是关于他躲藏在草垛和牲口棚里的荒唐故事，非常幼稚。也许他应该逃出城，但他觉得这么待着更好。乡巴佬们总是爱揪住公路上的陌生人不放，而且还没处躲。那些乡村公路又长又空，人在一两公里外就能被看见。

还是待在城里好。那么多的墙、小巷子，那么多能遮盖一切的屋檐，绝不似乡村那般一览无余。报纸上肯定热闹极了，他想一会儿走出去买一份。现在还是老实地静静坐着吧，静静坐着的人最难被发现。

汤米·奥康纳打了个哈欠。他昨晚没怎么睡，但今天可以睡个好觉，一直提心吊胆也无济于事。要是他们找上门呢？那就让他们来吧，整条街都让给他们，爱开枪就随便开。以为幸运的奥康纳会让他们铐上手铐，脖子上挂着绳子牵走？想得美。他们这样逮得住别人，可拿奥康纳没办法。

外面雪还在下，依然很安静。大家都在工作，有趣的是，整座城市只有汤米·奥康纳一个自由人。没有人能体会到他现在的感受。一周以后自己会在何处呢？那是下周一的下午4点钟，他完全不能想象。他现在是完全自由的，还没有人拿手铐铐住他。如果事情不妙，到了最坏的地步——奥康纳想着，手指按了按口袋里的枪。那么多人在追捕他，搜查过那么多街道，在路上扛着枪横冲直撞。为什么他们还没搜到这条街？只要他们知道汤米·奥康纳藏在这条街，只要他们认准这间屋子，只要有人喊："他在这儿！窗户后边！就是他！"一切就会结束。为什么这一刻迟迟不来？

也许圣诞节他会给父母打个电话，算了，太娇情，肯定有一堆警察

第三幕 —— 明天与意外

在监控他家。或者他可以写封信，要不是手边没有纸，他一定能写下很多。写给警察局长和别的追捕者，当然，这样做很傻，根据邮戳就能很快找到他的藏身之处。

他感觉自己困在这儿很可笑。没有计划，也没有下一个目的地。应该要有个目的地，想出来，一心奔去。随便抢辆车，发疯似的开，不停地换车，不停地在城市里打转。直到所有的车痕混成一团，他也就消失了踪迹。妈的，他应该把胡子刮掉，不是吗？万一他想出去买报纸，碰上警察来抓人，有没有胡子总会是第一特征。

天色越来越暗，雪还在下，已经堆积起来。不妨再下大一点，至少他坐在那儿还有东西可看，看着雪落满街道，把一切染成白色。他有些头疼，因此才这样胡思乱想。吃点东西也许会好一些，但他不饿。因为害怕？不，他只是等待着。捕猎者们像飘落的雪花一样飞窜，这些人真可笑，他们如此狂热地追捕着这个鲜活的自由人。

总有一天他能走出去，跟他们一样自由地在街上晃荡。也许不在城里，也许在别的城市，沿着中心大街漫步。随便看场电影，很幼稚的那种，走去麦克的店里随意打声招呼："兄弟们好"，再走出来。他们不会处死他的，就算事情不妙，到了最坏的地步——他们也不会处死他。

天完全黑了下来，追捕他的猎手们却不眠不休。各家的窗户透出灯光来。最好也点上灯吧，人家会注意到漆黑一片的窗户，亮着的窗看起来更坦诚。雪停了，只有干巴巴的冷。

他想出去一会儿，活动活动筋骨，买份报纸读一读，再逛两圈。在附近看看有没有他认识的人，算了，那样很傻，还是像这样继续待着吧。

幸运的汤米在屋里走来走去，放下来的百叶窗挡住了他的视线。有几辆马车经过，怎么了？外面的确有声音，好像有人来了。那么，熄掉灯

## Third Scene —— Without Tomorrow

吧,他要看一看。

汤米·奥康纳小心翼翼地拨开百叶窗,外面很暗,只有窗户透出来的光。几个人站在街角,是来抓他的人吗?当然。他们冲着他来了,就这么过来了,他们在四处查看。汤米·奥康纳缓缓摸出口袋里的枪,十分谨慎地靠着墙壁。他等待着。几分钟长得像几个世纪,这场追捕的尾声终于要来到了。他们来了,黑色的人影长长地拖在街心。好吧,那就让他们来。

幸运的汤米·奥康纳坚毅地盯着这扇脏兮兮的窗子外边的世界,那团模糊混乱的影子眼看就要降临到他身上,近了,更近了。

# 潇洒皮特的倒霉故事

潇洒的皮特·韩德利这次又因为冒充退伍老兵进行诈骗被逮到了局子里,他跟已经是老相识的探员们轮流握手,之后被带进了地下室。他又犯事儿了,又蹲了号子。监房的门一关,皮特便叹了一口气,坐在木板床上。他长着一张赌徒常有的精瘦的脸,垂着眼看着自己修剪得整整齐齐的手指甲。他在等待律师到来。

"我是不是真的有罪不重要,"潇洒皮特说,"关键是你会发现,即使是聪明人也会落到这么潦倒的田地。我不想拿这件事来说教,指责生活有多不公平。我年纪已经不小了,而且我是个很有幽默感的人。我只能说有时候人真的会很倒霉。"

潇洒皮特露出一副自嘲而悲伤的神情。

"请你注意,我并没有罪。只是通常情况下,我愿意离警察远一些,尤其是当他们对我的交易有某些误解的时候。好吧,我只能说——真的很倒霉。

"我是从内布拉斯加州的大岛镇直接过来的,在那儿有个生意,做了几个月。后来出了些麻烦,于是我离开了。我知道肯定会有拘捕令下来,那生意翻了船,许多民众觉得上了当。你知道那些想一夜暴富的投资人吧,只要当天的利润没有达到百分之三千,他们就叽叽喳喳抱怨个不停。最后还要抓你坐牢。

## Third Scene —— Without Tomorrow

"于是,我离开了那里,来到芝加哥。刚一落脚,我的朋友们就警告我说,有很多条子在追捕我。好吧,应该是内布拉斯加的警察们在我身上悬赏了一大笔钱。我想我还是低调一些,免得惹麻烦。你看,那才是上星期的事。

"我的决定很明智。什么都不做,在城里到处晃并不是一件轻松的事,一个人的日子让人觉得恶心又倦怠,有时候真想往马路中间一躺,一了百了。

"但是,我克制住了。"潇洒皮特微笑着说。

皮特扯开话题,对警察这个群体的残忍、自私、不负责任发了通牢骚,才又回到自己的故事。

"后来,我想,应该到城市里还没看过的名胜景点去看看。要做芝加哥人,就得有芝加哥人的样子。我还没感受过咱们伟大的城市杰作呢。而且菲尔德博物馆、动物园或者海滩应该是警察最不可能想到的地方。

"我参加了一个乘轻便马车的观光团,导游举着个大喇叭的那种。就这么逛了一天。有警察经过或者来查证件时,我还挺紧张的,但我撑下来了,我知道没人会想到潇洒皮特会藏在观光团的马车上。

"接下来三天,我都泡在菲尔德博物馆看展览。想不到吧?我在木乃伊和死尸堆里晃来晃去,实际上,那是我度过的最有意思的三天时光。我心里很高兴,因为知道警察不会想到潇洒皮特正在逛博物馆。

"之后,我去了动物园,然后坐在公园里看别人玩排球或者高尔夫。我还去坐了那种完全搞不清方向的游船——从某个码头上船,一个半小时后从另一个不知道在哪儿的码头下来,不叫出租车根本找不到回去的路。你懂吗?"

潇洒皮特小心地嘱咐:"我跟你说这些,跟警察认定我犯下的事完全

第三幕 —— 明天与意外

没有关系,知道吗?我希望你能以我为原型写出好故事,一个到处躲避警察抓捕的倒霉鬼。

"继续说吧,我几乎都把能想到的景点走遍了,幸好我记起来,共济会会堂[1]和里格利大厦[2]顶上有瞭望塔,于是我立即出发。我带了块三明治,花了一整天时间悠闲地张望,把这个城市的美尽收眼底。

"当天晚上我回到家,把一天的经历告诉朋友们,他们都非常激动。大家都称赞我的方法,甚至因为自己没有被追捕而遗憾,如果能在大楼顶上躲过警察的搜索该多爽啊。这话很中听,即便是现在。

"第5天,事情发生时,我依然待在共济会的楼顶。你知道从高处俯瞰城市的感觉吧,地面上的一切像是小小的玩具。那儿真是个舒适又时尚的藏身之处,而且周围有许多有趣的人做伴。有来度蜜月的小夫妻、观光客、八卦的老处女、想不开来自杀的人,还有想找安静地方亲热的高中生。"

潇洒皮特回忆着,叹了口气,继续说:

"我正坐着啃我的三明治,一个土包子走过来看着我。"

"'你好,伙计。'他说,'天然气生意怎么样啦?'"

"我抬头看着他,假装听不懂。但是这个丑八怪咧嘴一笑,向我靠近。上帝保佑,他把领口一翻,露出里边的警徽。"

"'你最好乖乖跟我走,我认识你,皮特·韩德利。'他说。于是,我

---

1. 共济会会堂(Masonic Temple):建于1892年的大楼,一度是芝加哥最高的建筑。因其内部设施陈旧,加上地铁施工,于1939年被毁。如今此处的建筑是乔弗里大厦(Joffrey Tower)。
2. 箭牌大厦(The Wrigley Building):箭牌口香糖公司的总部大楼,位于密歇根大桥(Dusable Bridge)旁,与著名的论坛报大厦(Tribune Tower)隔街相望。大厦由南北双塔组成,南塔高30层,北塔高21层。夜晚,被灯光点亮的箭牌大厦华丽无比,被称为芝加哥最具代表性的景色。

## Third Scene —— Without Tomorrow

起身跟他下了电梯,他把我移交给了州立大街的某个警察,最后被带到这儿。你敢相信吗?"

"那么这个戴警徽的人是谁?他为什么抓你?"我问。潇洒皮特把他赌徒式的瘦脸可笑地皱了起来。

"他叫吉姆·斯隆,"他叹道,"大岛镇的治安官。为了抓我,他两周前到了芝加哥。你知道吗?这个傻瓜根本不知道我在那儿,本打算拿着内布拉斯加的公款好好享受一下的,整天就是参加旅行团、逛博物馆、逛公园。

"碰到他那天,他也正在瞭望塔上看风景。是的,先生,全国最聪明的皮特·韩德利就这样像个倒霉的奖品一样掉进了大岛镇警官的口袋。毕竟,这个世界很小。"

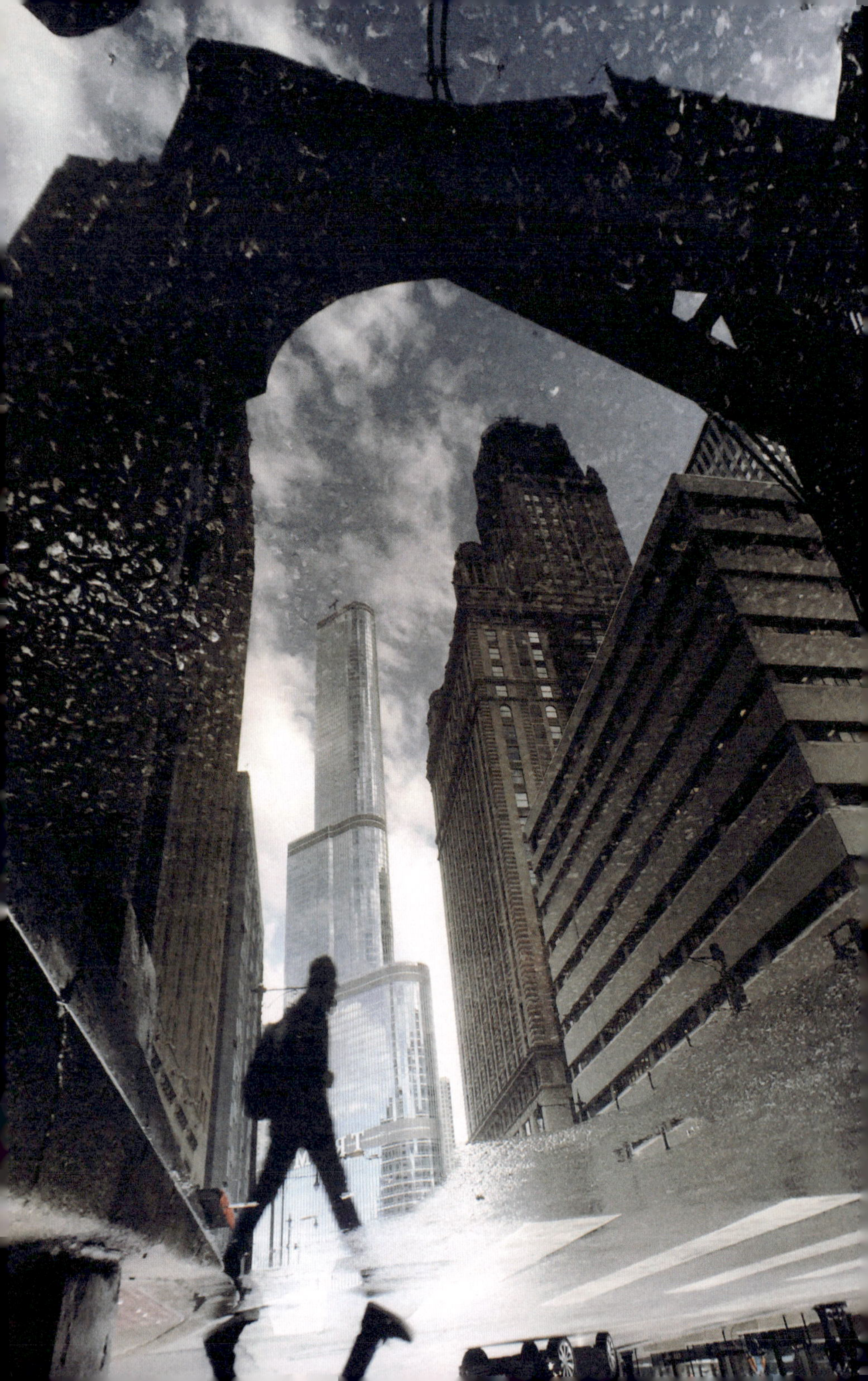

Third Scene —— Without Tomorrow

# 不会讲故事的库兹克警长

第一选区的库兹克警长对我说:"突然让我给你找几个故事,还真是困难。给我点时间,也许我能想到一两个。我猜你大概是想知道我亲身经历的事件吧。我记得有一次,一个被判服刑 6 个月的印度混血从看守所里偷跑回家杀掉了他老婆,然后又溜了回来。开始大家都不知道他出去干了什么,直到一年后他某天喝醉酒把真相告诉了酒保。你想听的是这种故事,对吗?"

我说是的。

"好吧,正如我刚说的,突然一下很难想到什么。门罗西街(West Monroe Street)有座大厦,有一回,我们在地下室里发现了三具尸体。虽然有尸体,案件却始终没被侦破。这也算不上故事吧。让我想想。"

库兹克警长努力回忆起来。

"你知道莱格特谜案吗?过去很久了,你可能没听说过。当时我还是个小巡警。老莱格特有一个人头骨做成的烟草罐,后来警察发现他谋杀了自己的妻子,那烟草罐正是她的头骨。有一天,他跟第二任老婆准备在家开场派对,是的,他杀掉前妻之后就娶了现任。新娘子不希望家里出现那个吓人的头骨,老莱格特坚决不同意,表示自己绝不和头骨分开。于是,某天趁莱格特上班时,新娘子把头骨扔进了垃圾箱。老莱格特回家发现头骨不见了,暴跳如雷,跑到警局申请逮捕他老婆,控告她的疯狂行为。他情绪十分激动,办案的警察觉得可疑,于是跟他回到家,在垃圾桶里找到了那个头骨,老莱格特一见就哭起来。警察自然问他这头骨是谁的,他掩饰说这不是头骨,只是个烟草罐子。警察继续问这东西是哪儿来的,老莱格特不停地撒谎,最后被警察发现自相矛盾,只好承认这是他前妻的头骨。没过多久,他就被判处了死刑。你看,给我点儿时间想想,还是能记得一二的。

"哎呀,要即席讲故事真是困难,我不太清楚你到底想听什么。当然得是有趣的事儿,不然报纸也不会登,对吧?有趣的事儿并不是天天都有。记得三十多年前,我在停尸房当班,当时发生了奇怪的事儿,停尸房里的尸体常常消失不见或者变得部分残缺。大家开始以为是学生偷偷拿尸体去做医学实验,直到他们发现了老皮特——棕色皮肤的保洁工人,才知道真相。皮特不是非洲人,而是斐济群岛上的原住民。他死在了停尸房里,调查发现原来他是食人族,或者说他曾经是斐济的食人族,多年来他保留了食尸的习惯,在停尸房里'以公谋私'。最后他误食了经过防腐处理的尸体,尸体里的毒素要了他的命。那时报纸并没有大幅刊载,因为不是什么重要的案件,可我觉得挺有趣的。这是你想要的吧,我猜,这种故事。嗯嗯,让我再想想。"

库兹克警长叹了口气,稍作停顿后说:"真的很难。我想起来许多事儿,渐渐想起来了。比如我接手过一桩杀妻案。一个叫兹安诺的家伙往他妻子的耳朵里倒入了好多滴热铅,他本来可以逃脱的,但他把她的尸体卖给了医院做研究。医生在处理头骨时听见颅腔里有响声,打开一看,发现里面有几颗铅珠滚来滚去。于是,警察逮捕了兹安诺,他承认了整件事。不过,最后他被无罪释放,因为他证实他被妻子捅了四刀,自己很害怕,于是第二天就给她耳朵里灌了铅。这么一说也算是出于自卫吧。

"我大概知道你想听什么了,如果你觉得故事有趣,可以跟我指出来,我心里就有底了。大部分我们接触的案件都是谋杀、自杀和公路抢劫。老阿尔德曼·麦克奎尔的案子就是公路抢劫,他已经过世了,当时他在某次咨询结束后回家的途中被两名匪徒劫持,他催眠了其中一个匪徒。是的,先生,你可能会觉得奇怪,那是你不了解麦克奎尔,他是一位出色的催眠治疗师。总之,他催眠了一位劫匪,没被催眠的那个正在搜他的口袋。麦克奎尔于是命令那位被催眠的劫匪向另一个清醒的开枪,他暗示说:'你是一名警察,开枪射杀那个匪徒。'被催眠的劫匪真的转过身来,举起枪,对着他的同伴扣下了扳机。麦克奎尔在警局做笔录时我也在现场,警长觉得不可信,想说服麦克奎尔将其陈述为一次意外。一名劫匪持枪走火意外射杀了同伴。但麦克奎尔坚持自己的故事,而这确实是真的,后来我押送那名劫匪去监狱时,他亲口对我承认了。

"让我用一周的时间回想一下,保不定还能告诉你一些。我已经比较清楚你想要的故事了,明天我跟老吉姆聊聊,他是以前跟我巡查的搭档。老吉姆特别会讲故事,随时随地张口就来。"

警长先生靠着他的木头椅子,目光落在脏兮兮的警局窗户上,眼神依然困惑不解。

## 结幕

# 流浪的可能

Ending

The Vagabonds

也许有一天

他会回去

虽然那里
已经没有
牵挂的人或事

但是

心念故土
并且想着
有朝一日能够回归

也是一件乐事

结幕 —— 流浪的可能

# 扬帆远航

"停下脚步吧!升起主桅,挂起尾帆,系好船锚!"

托拜厄斯·木腿从主大街上乘风破浪而来。

啊,多么美好的夜晚!魔鬼跨立船头,尾巴在风中扫过。"来哟!跟我来!抓紧缰绳,让我们扬帆远航!"木腿喊道。

打台球的小伙子们站在门口看热闹,我们的老挪威水手木腿又落下眼泪,他红红的脸庞上闪耀着关于斯塔万格[1]狂风暴雨的记忆,他的胡须像山猫的鬃毛一样挺拔,完全是个翻版的奥丁[2]。

大家看着他走过去,木腿醉得很厉害,连放荡的妓女、街头混混甚至撒旦本人都自叹不如,他用尽全力高喊着:"停下脚步哟!抓紧缰绳,让我们扬帆远航!"可怜的托拜厄斯·木腿,时光不断地拽掉他的头发,把他的手指弯成弧形。70年的岁月吮干了他,但也教给他虔诚与智慧、纯洁和崇高。

突然,又刮起了斯塔万格那熟悉的海风,海水在他那条好腿底下汹涌而起。木腿抱着他的《圣经》和祈祷册子在主大街黑暗的卧室中辗转反

---

1. 斯塔万格(Stavanger):挪威的港口城市。
2. 奥丁(Odin):北欧神话中的"战神",奥丁是传说中阿萨神族(Aesir)的主神,50岁左右,身材高大,独眼,头戴宽边帽,神情冰冷又严肃。

侧。魔鬼已经到来,正坐在他的窗畔,长尾长角,手里还拿着三叉戟。

"嚯嚯!你在这儿干什么,托拜厄斯?你没感受到那呼啸的北风卷起的灰色浪花吗?你老了,托拜厄斯,不是吗?只能藏在这儿嘟囔那些没用的祷告。"窗畔的魔鬼喊道。

自从 10 年前他来到主大街,这情境就一再出现。木腿总是脱下白衬衫,穿上他的水手黑褂子,系上旧木腿,随着窗畔那位离开。

停下脚步吧!夜色初降,水手已经登船启航。芝加哥大街警局的警长下班回家碰巧路过,便点头向他问好:"你好,托拜厄斯。今晚又难熬啦。"

"跟我来哟!抓紧了!"木腿一边吼,一边转向克拉克街。窗畔的魔鬼已经离开,暴风雨渐渐平息。可怜的托拜厄斯·木腿,他脆弱又虔诚,曾经在艰辛的战斗中赢得过神的荣光,如今却又陷入了迷茫。

整夜的祈祷,整夜整夜地读老船长的《圣经》,40 年瞬息而过,有什么意义?已经要忘却的海浪翻涌而来,窗畔的声音又把他当作不经事的年轻人来诱骗,这又有什么意义?不知从何时开始,它就那么坐着嘲笑他。从嘲笑中,他听到旧时的风吼和浪涛,于是,他穿上那件被邪恶蚕食的黑褂子,系上木假腿,翻出地毯下的几美元,上了街。

念了那么多祷告,如果不能让他始终虔诚又有何意义呢?这也许是祷告仅有的一点用处。克拉克街的看官又凑到一起窃笑。托拜厄斯·木腿来了,他低垂着头,胡须不再挺拔,他的灵魂在呼唤新的神祇,一个强大有力的神,一个可以帮他抵御窗畔那长角恶魔的神。

大家围观窃笑这个老水手是有原因的,木腿和他的故事都不新鲜了。每过两三个月,木腿就会演这么一出,埋着头四处寻找新的神,好让自己投入崇拜,好驱逐自己灵魂深处的挪威恶魔。

## 结幕 —— 流浪的可能

所以，木腿接纳了许多不同的信仰、各种不同的神祇。这个街区的每一位布道者都曾经劝化了他——降临派、卫理公会、瑜伽行者、印度教、犹太教都深深使他信服。布道者们无一不识这位出了名的"被转化者"，他的虔诚只能依靠着每晚坐在床头念诵经书保持到魔鬼降临。

终于，斯塔万格的风暴还是刮了起来，屋檐底下响起一声长哨，狂风拍击着窗户，木腿又陷入了梦魇。"这神不够好，"托拜厄斯悔恨地哭诉，"他太弱了，魔鬼比他强大。我需要一个更有力的神，天哪，请让一个伟大的全能者来拯救我吧。"

街头的布道者身边只有稀稀拉拉的几个人，夜风冷得刺骨，周围气氛惨淡。布道者站在一间旧书店旁的街角，书店橱窗里堆着一摞摞布满尘土的旧书，像是成堆的隐士骸骨。这间神秘书店的主人是一位太阳崇拜者，这位布道者是他的好朋友。

几名听众围在布道者四周听他讲："太阳带来了和平宁静，它是一切光芒和健康之源。太阳是神的眼睛，在白天审视，在夜晚守护。它是生命之火。"听众们完全不买账，这名布道者的话像是从那些发霉的古书上摘下来的神秘句子，似乎想解释点儿什么，却又十分苍白。

夜很冷，布道的人又是个专注的愣子，大家都想赶紧离开。突然看到托拜厄斯·木腿走过来，一位听众推了旁边的人。托拜厄斯嗓子都喊哑了，他的蓝眼睛里满是愤怒，对自己，也对那无法战胜恶魔的神祇。

托拜厄斯在一旁听着：白天审视，夜晚守卫。众王之王，伟大的尊者，一切绝对法则的象征。托拜厄斯被这席没什么创意的话深深折服了，他大喊道："我要加入，我要加入！我需要一个强大的神！"

现在的托拜厄斯·木腿成了一名太阳崇拜者。台球厅里的年轻人会告诉你他是怎样在黎明时七步一顿首地走过街道，又怎样在黄昏时站立窗边向西沉的太阳鞠躬的。最近,他常常在人旁感叹:"哎呀,我终于找到了最强大的神。再也不用围着那些小喽啰折腾啦。不信你看看这本书。"他还会拿出那本 40 年前偷来的船长的《圣经》,从里边指给你看。

年轻人最后总会加上一句:"等着瞧吧。"

他们挤眼一笑,无疑是指斯塔万格的风总会刮起来,老托拜厄斯总会跌跌撞撞地走过街道高喊"扬帆远航",恶魔总会找到他,又总会有别的什么神把全能的太阳扯下天空。

结幕 ——— 流浪的可能

# 回家的路

他在克林顿街（Clinton Street）的雇佣市场前面踱来踱去。告示牌上写着："急需采摘工、分拣工，急需农场工人。"

他旁边呆呆地站着一个墨西哥人，双眼无神，像在梦游，看上去像是来自遥远的地方，靠回忆支撑自己的人。

还有其他人，都是衣衫褴褛的被驱逐者。他们时不时抬起头研究告示牌，想要从那些霸道的字体中辨认出自己需要的消息。这些人来自斯拉夫、瑞典、波兰、意大利和希腊，而招工的地方则是达科他州的农场、伐木场和蒙大拿州的筑路队，告示牌上的异国语言把他们联系在一起。双手粗糙、神情疲惫的无产者们从世界各地汇集到这里寻找工作。

那个踱来踱去的男人穿着一件破败的格纹上衣，宽大的裤腿在脚踝处堆积起来。他拖着巨大的身躯在这些告示下面走来走去，比起其他背井离乡的人，他尤其有趣。他旁边那个呆呆站立的墨西哥人眼神迷离，似乎做起了白日梦。对他来说，生活原则很简单，在墨西哥的日子艰难，于是他北上美利坚寻求更轻松的生活和舒适的享受。此刻，他在一个春寒料峭的早晨出门找工作。如果牌子上写的条件合适，他就走进门申请。他站着，等着，一边回想自己在离弃的故土上是多么开心，以及离开的道路上纷扬的白色尘土、绵绵的淡黄色山丘还有火辣耀眼的太阳，他感到有些后悔。也许有一天，他会回去，虽然那里已经没有牵挂的人或事。但是，心念故土并且想着有朝一日能够回归,也是一件乐事。

这个穿着格纹上衣在告示牌下方踱来踱去的巨人有些不同,他的眼中没有记忆的幻梦。刚健的阔脸上钉着一双呆滞困惑的蓝眼睛,前额跟他的思想一样皱缩着,宽大的下巴凶巴巴地向前伸,他的头发、脸庞和手背都微微发红,一双大手几乎垂到膝盖。

他的鼻子比旁人都大,手指更粗,脖子更长,大家看到他有时会投以几许好奇的目光。他就像是个现实版的拉奥孔[1],筋肉粗壮,头高高地顶在身子上。与活动在雇佣市场的其他伙伴不一样,他的身体中可能蕴藏着巨大的力量,如果旁人向他投以轻蔑的目光,他粗大的手也许会把他们的脑袋像敲鸡蛋似的碾得粉碎。

然而,在克林顿街上晃荡的众人中,他是看起来最虚弱无力的。他给人的感觉最无助,他的眼神也最呆滞,像被什么东西完全摧垮了。

他在街角停下来,似乎在等待什么,脑袋低垂,身躯佝偻,好像有一副沉重的马鞍缚在肩头。

这位有趣的被驱逐者磨灭了关于故土的所有记忆。那片故土是如此遥远,远过他的墨西哥同伴梦中被阳光烤得焦热的马路。那片故土已经被这精巧的世界永远抛弃,那片故土曾经通向山峦、海洋和天空。

他突然让我想到久远的时代,那些从波斯人和印度人的创世神话中走出来的人。在希腊古老城邦外的森林中,他们曾经独自或与部族一起缓缓前行,从鞑靼人[2]的荒漠一直到巴斯克半岛[3],那些先民高大、有力,额头紧缩,下颚前突,坚韧的手掌几乎垂到膝盖。

---

1. 拉奥孔(Laocoon):希腊神话中特洛伊城的祭司。后有著名的拉奥孔大理石群雕,现藏于梵蒂冈博物馆。
2. 鞑靼人(Tartar):以蒙古族为族源之一的游牧民族。
3. 巴斯克半岛:位于西欧比利牛斯山脉西端的法国、西班牙的边境一带。

结幕 —— 流浪的可能

Ending —— The Vagabonds

穿格纹上衣的巨人被放逐出了自己的家园，他的血液里已经没有丝毫梦想残留。他有着和他的先民一样的躯体，长长的臂膀、坚实的肌肉、沉重的脉搏都没有改变，然而，战士们的呐喊、猎手的呼叫在他身上却不见踪迹。他踱来踱去，时不时歪一歪头，好像在试图回想。然而，没有任何记忆，只剩下一团模糊。拥挤的街道使他困惑，高耸的大厦、嘈杂的汽车和人群让他的眼神越来越呆滞，它们把他的肩膀拗拢，使他看起来像一名无助的俘虏。

他又回到雇佣市场，抬头在告示牌上寻找。他慢慢地读出声来，嘴唇翕动。过几天或者过几周，他应该正在去往某处的路上，他呆滞的眼睛也会像这样盯着车窗。在达科他州的某个伐木场或者蒙大拿州的某段路基上，他的名字会变成奥尔、帕特或是吉姆。他的一双大手会攥上一把铁锹，然后沿着某段轨迹机械地上下挥舞。而他的额头仍旧会迷惑地皱成一团，手里的工具看起来像一个陌生的玩具。

"堪萨斯州需要农场工。"市场管理员用粉笔在告示牌上写完就又进了屋。那个墨西哥人终于从记忆中回过神，离开了橱窗。堪萨斯州在南边，向南正是回家的路。他走进办公室，向长桌后的工作人员询问。

一小时以后，管理员又带着他的粉笔出现了。被驱逐者们还在附近徘徊，而踱步的那位此刻正站在路边，呆望着马路。

"分拣工，加拿大艾伯塔省[4]，包交通费。"牌子上写着。等待的人群没有任何反应，艾伯塔在北边，现在还十分寒冷。踱步的男人转过身，当他的目光触到告示牌上的粉笔字时，他嘴里不自觉地念叨起来。

不知是不是下意识的，他走向了雇佣市场的办公室。艾伯塔在北边，穿格纹上衣的巨人内心深处有一个声音低语着——向北，是回家的路。

---

4. 艾伯塔省（Alberta）：加拿大西部省份，也是加拿大经济最发达的地区。当地有数量相当多的木材厂。

结幕 —— 流浪的可能

# 被流放者

记者先生讲完一个大家毫不关心的故事,晚宴桌上打扮光鲜的客人们尴尬地沉默了两秒钟。一位笑得很惬意的绅士感叹道:

"啊,谢天谢地,这场激进的运动终于结束啦。"

每个人都表示同意,刚从尴尬中解脱而又想喋喋不休的记者赶紧插话:"让我想起了比尔·海乌德[1]。"

"噢,是呀,他是这场大混乱的领导人吧?"女主人问。

"是的,我跟他认识,之前报道了兰蒂斯法官主持的关于世界产业工人联盟的审判,他跟其他一百多名同伴被判入狱。"

"罪名是什么?"惬意绅士问。

"我忘记了,"记者说,"但我对海乌德印象很深。当然,审判与战事有关,你知道的,当时还在大战中。"

"噢,是的,确实是。要忘记战争可不容易。"女主人两眼放着光,表示同意。

几分钟过后,女主人又把话题扯回来:"跟我们讲讲那次审判吧。"

"其实过程没什么意思,但我一直对海乌德很有兴趣。你们知道,他

---

1. 比尔·海乌德(Bill Haywood,1869—1928):他领导的世界产业工人联盟(Industrial Workers of the World)在当时制造了大量的爆炸事件和行业罢工。

被判了 20 年监禁，审判书上是这样写的。"

惬意先生赶紧补充道："但这王八蛋逃跑了。让这样一个邪恶的危险分子从手底下逃跑简直可笑，判决都下了！"

女主人也义愤填膺地应和："是的，世界这么大，还让他跑去了俄国，他最有可能再兴风作浪的地方。有时候政府真是蠢得厉害，真是气死人，气得人想笑。对不？"

"是，他似乎是逃脱了监管，成了一名被流放者。"

惬意绅士不屑地从鼻孔发出一声哼唧。

"被流放者！"他大声嘲笑，"一个人鄙视自己的祖国，搞破坏，然后逃到别的国家，这能叫被流放吗？"

记者好像没听见似的继续说："他消失前的四五天，我曾跟他见过最后一面。遇到他我很惊讶，我以为他已经开始在监狱服刑。我没关注审判流程，不知道他当时被保外就医，还没正式去监狱报道。"

"嗯，这就是国家的问题所在，我们对这些恶棍太仁慈，好像这意味着——"惬意先生很激动。

"公正。"记者小声嘟哝着，"确实，公正并不适用于敌人。这是我们古老的座右铭。"

女主人继续说："快讲讲海乌德当时说了些什么，在那时遇到他一定有趣极了。"

记者开始讲述："那天晚上，我在哥伦比亚剧院看一场滑稽戏，幕间休息时我想出来喝口水透透气，于是来到包厢外的夹层。一走出来，我就看见老比尔靠在栏杆旁。我应该有两年没见他了，然而，他完全是老样子。一样有点弯曲的嘴角，剩下的独眼里露出温和的光。很难想象他是个如此激进的人，因为他的外表看起来非常安静。

"我跟他擦身而过时,他认出我来,我跟他打了个招呼,问他:'唷,你怎么在这儿?我以为你在监狱服刑呢。'

"海乌德说:'还没,不过快了,下周开始执行。'

"'20年?'

"'唔,差不多吧。'

"我突然意识到他在剧院里,于是产生了好奇,我问他来剧院做什么,他看着我笑了。

"他说:'不仅是剧院,这个月以来我到处窜,每天晚上都出门。所有的景点、活动、演出,我都会去看一看。'

"我一脸惊诧地站在那儿,被老比尔的话震住了。是的,是的,这位可怕的比尔·海伍德,社会秩序的破坏者,像一位多愁善感的公子哥一样,正跟他的祖国告别。那时候他应该已经订好了逃去俄国的计划,他知道自己不会进监狱。

"但他知道自己要离开这个国家,可能永远不会回来。于是,他要跟无法再见的一一告别。

"'几乎每场演出我都去,喜剧、歌剧、西部音乐剧。每一家咖啡馆我都去坐坐,不管是服务员穿猴子制服的新式场所,还是我已经去过许多年的旧咖啡厅。一个月前,我把这些地方列了个单子,打算逐个完成。'

"我问他喜不喜欢今天的滑稽戏,比尔微微一笑。

"'不是的,并不是那样。我只是来体验的,不为评价。你知道吗?这些东西你在世界上别的地方不会再见到。'

"灯暗下来,我们轻松地道了再见,回到彼此的座位。我没有再见过海乌德,大约一周以后才看到报纸头条说他已经逃出国外。没人知道他在哪儿,大家都在猜测。又过了两周,有传闻说他到了俄国,在莫斯科出现过。

"我看到这消息的时候就突然想起那个晚上，老比尔靠着哥伦比亚剧院的扶手，跟他觉得重要的东西告别。他用自己的方式在最后一个月的时间里对从此要彻底失去的一切致意。我觉得，比尔·海乌德干出这种事情真让人奇怪。这不是激进的尼采写出的剧本，倒更像是狄更斯笔下的故事。

"后来，我只要在报纸上看到他的名字，耳边仿佛就会响起那场滑稽戏的曲子、舞台上的脚步和懒懒的爵士歌声，仿佛可怕的比尔·海伍德深情地睁着他的独眼，眼中噙着离别。"

"这难道不是被流放者的样子吗？！"记者突然高声笑道。

结幕 —— 流浪的可能

# 大旅行家

亚历山大·金柯周游过全世界,一周前他来到芝加哥,晃荡几日之后,在一家便宜旅馆歇下脚,并且开始在市中心的某家大商行里当搬运工。

一个朋友这样告诉我:"我旅馆里刚来的这个男人身上肯定有好故事。他到过世界各地,英国、保加利亚、俄国、西伯利亚、中国,还有好多别的地方。他还曾经在加勒比海的一艘流动货船上当过厨子。绝对是一个神奇的人,我敢打包票。"

于是,某日金柯下班之后,我来旅馆找他。他个子不高,三十来岁,看上去有点沉闷。我说要跟他聊聊旅行中的见闻,一定能挖出不少故事,他点点头。

"是的,"他说,"我到过不少地方。"

他沉默了,充满希望地望着我。

我向他解释:"人们爱看旅行者的故事,坐在家里的沙发上,幻想那些遥远的旅行感受。你的经历一定能让他们深受震撼,我听说你在加勒比海一艘货船上当过厨子。"

"噢,是的,我都干过,环游过全世界。"金柯说。

我们点上烟坐下,金柯从梳妆台抽屉里拿出一本册子,他打开来,里边全是用小相机拍的照片。

"这些应该对你有用,"他说,"你可以看看。"

于是,我们开始一起翻照片。

"这张是我在海参崴照的,看见了吗?我在这个角上。"金柯说。

照片里的他跟现在穿得一模一样,站在街角的一盏路灯下面。背景是某间商店的橱窗。

"这张很有趣,"金柯说,似乎来了兴致,"在加勒比海照的,你知道吧。我忘记那个小镇的名字了,不过确实是在加勒比海。"

我们仔细审视那张照片,金柯站在一棵看似棕榈的大树下面,树有点失焦,金柯的脚也模糊不清。

"那儿很有意思,不过,这张照片照得不好。你看,这下边有点糊。"金柯说。

我俩继续静静地看了一会儿册子,突然,金柯好像想到了什么。

"噢,我差点忘了。有张你一定喜欢,在加尔各答照的,你知道吧。喏,就这张。"

他骄傲地指着册子最后的某张照片,在袅袅香烟里摩挲观赏着。照片上的金柯还是穿着一样的衣服,站在一间商店的门牌下。

"这张的光线不错,"金柯说,"你看,效果多清晰。"

我们不再评论,继续看照片。少说有几百张,全是金柯的个人照,大部分都有些模糊,背景大多是失焦了的树、公车、楼房和电线杆。终于有一张又引发了金柯的点评:

"这张原本会棒棒的,可惜曝光过度了,"他说,"在巴格达照的。"

翻完一本相册,我筋疲力尽,金柯却感觉如释重负。他从口袋里又掏出几支烟给我,我又开始问最初的问题。

"在旅途中你有遇到什么不寻常的经历吗?或者别的什么你觉得可以

改编成故事的素材。"

"好吧,我是个摄影迷,你能看出来,拍照片是我旅行的全部动力。我还有很多照片,不过还没有整理。"

"也是跟这册子里差不多的吗?"

"大部分都没这些好,那是刚学摄影时拍的,没什么经验。"金柯说。

"你在俄国的时候正赶上闹革命吧,不是吗?"

"噢,是的,我去过。"他又翻开相册,"这里,在莫斯科照的。"

又是一张微微失焦的金柯站在商店前的照片。我突然问他,这些照片是谁拍的。

"啊,这很容易,在街上随便找个人就行。我先帮他们拍张照,然后换他们帮我拍。我把拍他们那张送给他们,留下拍自己的那张。"

"你看到革命的情形了吗,金柯?"

"好多破事儿,我看到了一些,不多。"

我说的最后一句话是:"走过这么多地方,你一定有很多感触,如果你能跟我详细描述一下,我们肯定能搞出一篇好故事。"

而金柯说的最后一句话是:"噢,好的,我周游过全世界。"

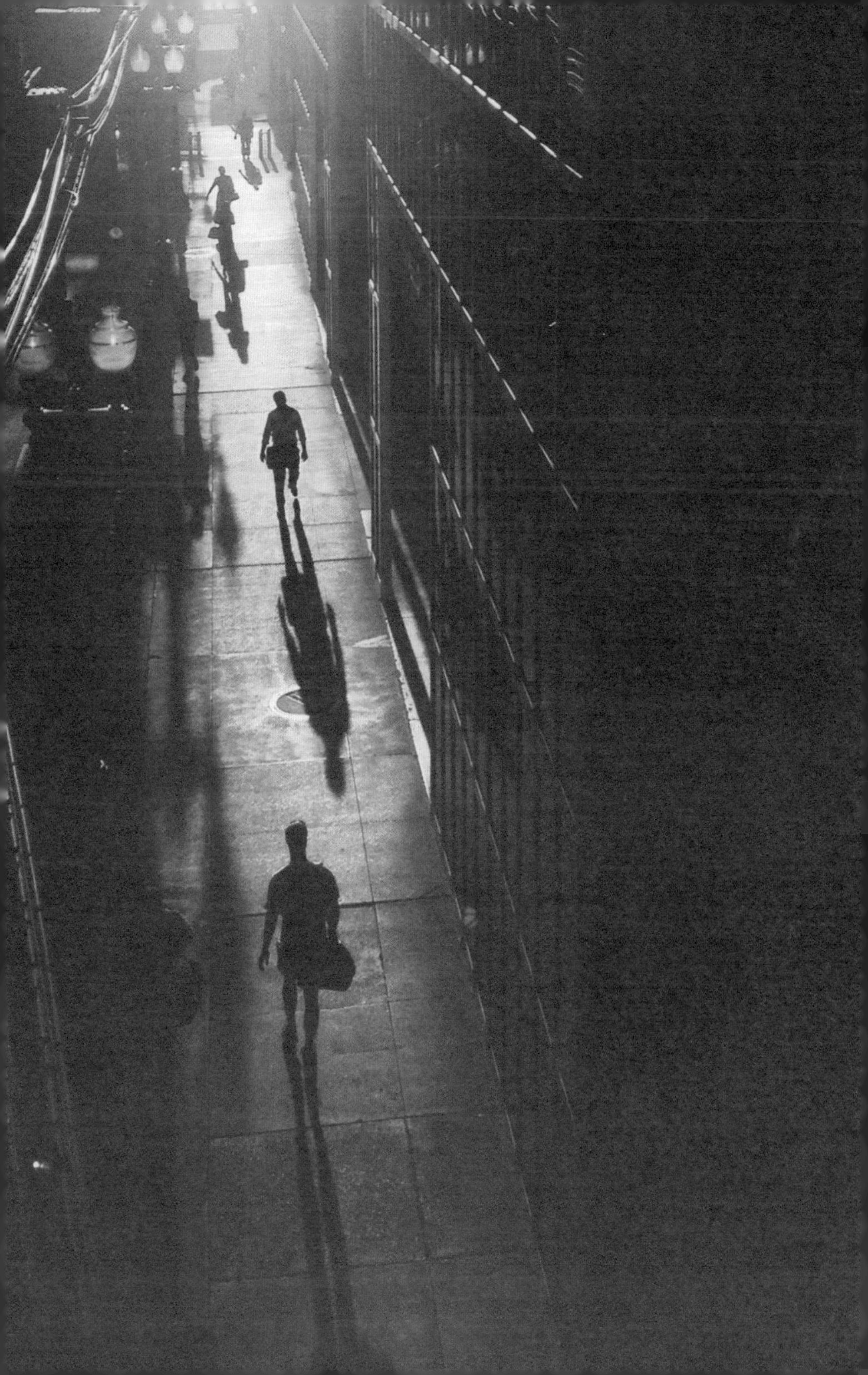

结幕 —— 流浪的可能

# 漂泊的心

他们来了。摩托轰鸣着,掀起漫天尘土,5位快乐的骑士,他们是伟大的漫游者。烟尘滚滚,摩托潇洒地扫过乡间,护目镜和黝黑的皮肤是他们的标签。草原的夜风向他们轻唱,乡间小镇对他们微笑。山岭、峡谷、森林和繁星交替着掠过他们的挡风板。

一名男记者目送他们从亚当街(Adam Street)飞驰而过,他早就厌倦了高楼大厦和那些千篇一律的玻璃窗。这是另一个世界的战车,漂泊的机车骑士,他们覆满尘土的车轮坚毅地扎进一座城,又决绝地驶离。

记者想:"这世界毕竟还没被葬送,悸动还在。从帆船到汽艇,从驿马到摩托,换个座驾,历险仍然继续。理查德·霍维[1]曾经这样吟唱:

I am fevered with the sunset,

I am fretful with the bay,

For the wander thirst is on me

And my soul is in Cathay.[2]

---

1. 理查德·霍维(Richard Hovey,1864—1900):美国诗人、剧作家。
2. 出自理查德·霍维的诗作《海的吉普赛》(The Sea Gypsy)。

我心悦夕阳,

偏为海风狂。

万里游侠梦,

他乡亦故乡。

5 位快乐的骑士翻身下了座驾,小做伸展。他们摘掉护目镜,抖掉衣服上的尘土,立马从一群飞天小土狗变回了 5 位面色疲倦的加利福利亚公民。两对中年男女,还有一位青年。

其中一个男人说:"没办法,我们只能在这歇会儿,我的手都被龙头磨起泡了。"

一个女人接过话:"我也得买点儿发卡别头发,马丁。"

记者心中又暗想:"嗨呀!我赌他们是一对,为什么不呢?多好的现代远行浪漫故事。反正他们似乎完全不介意旁人对自己横跨东西岸的壮举指指点点。他们看过何等风景,又经历过什么趣事呢?大概会发表一番关于上班有多无聊的慷慨陈词吧。我又想到霍维的一段诗:

There's a schooner in the offing

With her topsails shot with fire,

And my heart has gone aboard her

For the Islands of Desire.

海上挂孤帆,

熊焰耀九天。

我心永追随,

## 结幕 —— 流浪的可能

直往水云间。

旅行者中站出一位发言人，对记者说："你可以叫我们马丁·S.史迪威团伙，我就是史迪威，旧金山的史迪威亚麻籽油业公司是我家的，这是我的名片。"

"谢谢你。"记者把名片装进兜里。

"那么，您找我们有什么事吗？"

记者大概是最不会问问题的那类人，在日报工作，每天要访问无数啰唆的对象，这让他们常常懒得说话，而且对无趣的答案有种天然的抗拒，一旦有不祥预感就想打退堂鼓，之前建立的所有兴趣也瞬间崩塌。

我们可以理解记者先生的悲观预见，无论他怎么问，那些人怎么回答，大概都会是一些傻了吧唧的陈词滥调，这些高调的受访者一定会摆出一副盛气凌人的样子装腔作势，而他只能随便嘟囔应付。

但这次毕竟不一样。这些快乐的骑士带着风扫过山谷、群星覆满山巅的记忆。于是，记者先生调整了一下措辞，摘下帽子，带着友善的微笑对发言人说：

"我想知道5位横跨东西海岸的故事，您知道的，关于山峦、夕阳、绿树还有各种美景如何驱散城市人心中单调阴云的故事，以及你们在旅途中的见闻，还有为什么选择摩托而不是坐火车。"

记者嘴里说出的句子越来越长，越来越美妙。早就厌倦了高楼大厦和玻璃窗的他被点燃了热情，久违的各种形容词也纷纷冒出来。

一位女士打断了他："马丁，你说呀，这很容易吧。别忘了我们在得梅因住的漂亮的小旅馆。"

然而，马丁却犹豫了。他体格健壮，看起来特别魁梧，却少有表情。突然，他的脸像被什么东西点亮了，两只手拍在一起，激动地揉搓着。

"明白了，明白了。"他深沉地说。

"请讲。"记者屏息等待。

"好吧，首先我要跟你讲讲车的事儿，年轻人。你肯定难以相信，我们每加仑油要跑32公里路，从离开旧金山就如此。很棒吧？"

记者在一张草稿纸上顺从地写下："32公里，每加仑。"

"接下来，我们的时速，对吧？你一定想知道吧？没有任何夸大哦，你可以随便问那几个人，我们到现在为止的平均时速是41.6公里。别小看这些老东西，不简单哪。"

"41.6公里。"记者潦草地画下，又加了一句，"这个男人是白痴。"

史迪威先生没有觉察，他完全放松下来。接下来是油价、早餐费、路况、最长的不间断行驶距离、最长的连续行驶时间。等他说完，记者先生跟他鞠了一躬，转身便走。

记者在心里总结了一下：

"没错，这世界确实跟它看起来一样糟糕。人们填塞着事实、数字和钞票标识的心已渐渐干涸。这些人就算蒙着眼睛从地下穿越东西海岸，得到的东西也差不多吧。人们已经从神秘和历险的看台边走掉了，他们腻了，并且觉得毫不实际。原本机车骑士该是多好的故事题材，现在我只能再用霍维的诗句来结尾了：

I must forth again tomorrow,

With the sunset I must be

Hull down on the trail of rapture

## 结幕 —— 流浪的可能

In the wonder of the sea.

明朝当远航,
余晖相送往。
狂喜不自胜,
涛醴醉四方。

自言自语地嘟囔着歌词,记者先生走上了人潮拥挤的街道,突然他的眼中映出一颗漂泊的、狂浪的心。

## 编后记

2015年的春天,本书的译者陆特丹老师交给我一本书。彼时,他将要离开生活了十年的北京,回南方故乡。

那是一本2009年芝加哥大学出版社再版的《芝加哥的1001个下午》(*1001 Afternoons in Chicago*)。这是他极为心水的书,多年前于纽约书展购得,一直希望可以将它译成中文出版。

这本书和芝加哥对我而言,都是陌生的。我第一时间想起了中国年轻摄影师Cocu(刘辰)。他在芝加哥生活了五年,用手机记录下它的四季、光影、人群、高楼、街道、湖泊……极简、现代、戏剧化。无数个真实而虚幻的场景,构成我对这个城市的最初印象。

而这本书是1921年的作品,前后过去了近100年。如何能将两者结合在一起,成为我困惑很久的问题。直到第一遍读完译稿之后,我认为它们才是最完美的呼应——

100年前,通讯极不发达,每天的报纸新闻,成为人群的焦点,记者先生是最敏锐的观察者;100年后,互联网时代的手机逐渐替代相机,成为另一只眼睛，摄影师可以通过即时的影像呈现城市背后看不见的故事。百年前的故事和情感，依然能够凝固在今时今日的影像之中，这种穿越时空的交汇和震撼，正是这本书独一无二的魅力所在。

赫克特是美国著名的大编剧、影史上的传奇人物，为了能更好地表现他文字的戏剧性，我们精选了58篇文章，按多幕剧的手法，将这些故事归为"神秘城市""美国梦""孤独者""明天与意外""流浪的可能"五幕，同时配有Cocu（刘辰）的30张摄影作品，便于读者更好地进入这本书的世界。

本书的译者陆特丹老师系电影专业出身，至今仍在从事电影编剧方面的工作，他的译本生动精彩，相信读完这50多个故事，每个生活在城市里的人都会感同身受。

"这座孤独的城市啊，有着一样孤独的人群和孤独的灯，孤独的建筑里奔忙着成千上万孤独的灵魂。"

孤独无尽时，有灯必有人。

2017年夏
于北京